꽃인 듯 꽃이 아닌 듯

中國 漢詩 120選

꽃인 듯 꽃이 아닌 듯

초판 1쇄 인쇄일 2019년 2월 27일
초판 1쇄 발행일 2019년 3월 1일

지은이 고승주
펴낸이 양옥매
디자인 표지혜
교 정 조준경

펴낸곳 도서출판 책과나무
출판등록 제2012-000376
주소 서울특별시 마포구 방울내로 79 이노빌딩 302호
대표전화 02.372.1537 팩스 02.372.1538
이메일 booknamu2007@naver.com
홈페이지 www.booknamu.com
ISBN 979-11-5776-697-0(03820)

이 도서의 국립중앙도서관 출판시도서목록(CIP)은
서지정보유통지원 시스템 홈페이지(http://seoji.nl.go.kr)와
국가자료공동목록시스템(http://www.nl.go.kr/kolisnet)에서
이용하실 수 있습니다.(CIP제어번호 : CIP2019006807)

中國 漢詩 120 選

꽃인 듯 꽃이 아닌 듯

/ **고승주 편역** /

책과나무

머 리 말

'시는 타인에게 보내는 유리병 편지'라고 시인 파울 첼란(Paul Celan)
은 말했다. 이번에 한시(漢詩) 작품을 엮으면서 역사의 강물에 떠내
려온 유리병 속 편지를 다시 들여다보았다.

한시(漢詩)에는 제한된 형식 속에 지은이의 정서(情緖)와 사상(思想)
이 함축되어 있다. 아직 현대 문명에 오염되지 않은 순수한 원시림
같은 한시를 읽다 보면 허물어져 가는 담장 골목길을 걸어가는 촌
부를 불현듯 만나기도 하고, 적요 속에 들리는 닭 울음소리와 후미
진 곳에 막 피어나는 치자꽃 향기가 코끝에 스치는 것 같기도 하다.

누군가 모든 예술은 인간의 고통에서 출발한다고 했다. 어느 시대
에나 전쟁이 있고 기근이 있고 인간의 삶의 고뇌와 애환이 있다. 또
한 소소한 일상의 행복이 있다. 시는 자연과 교유해 온 시인이 실존
의 고독 가운데 건져 올린 삶의 정화(精華)이다.

언어의 화석 속에 압인(壓印)된 선인들의 영롱한 정신과 만나시기를
바란다.

2019년 3월
고승주

머리말 4

1부 • 달빛 아래 술을 마시며

2부 • 꽃인 듯 꽃이 아닌 듯

3부 • 산 위에 떠가는 배

4부 • 나그네 잠 못 드는 밤

5부 • 봄을 기다리며

1부

달빛 아래
술을 마시며

음주(5)

도연명(陶淵明)

인가 근처에 초막을 짓고 살아도

소란스런 마차 소리 들리지 않네

그대에게 묻노니 어찌 그럴 수 있는가

마음이 멀리 있으면 처소는 외지기 마련이지오

동쪽 울타리 아래 국화꽃 따노라니

그윽하게 남산이 눈에 들어오네

산의 풍광은 아침저녁으로 아름답고

새들은 무리 지어 날아드네

이 가운데 자연의 도리 있으니

말하려 해도 할 말을 잊네

●

飮酒(其五)음주

結廬在人境[1]결려재인경   而無車馬喧[2]이무거마훤

問君何能爾문군하능이　心遠地自偏[3]심원지자편
採菊東籬下채국동리하　悠然見南山[4]유연현남산
山氣日夕佳산기일석가　飛鳥相與還비조상여환
此間有眞意차간유진의　欲辯而忘言욕변이망언

[참조] 도연명陶淵明, 365-427

중국 동진東晉 말기에서 남조 송대宋代 초기까지의 사람으로 중국의 대표적 시인이다. 본명은 도잠陶潛이며 그는 29세에 벼슬길에 올라 자기가 살던 강주江州의 좨주祭酒, 교육장란 낮은 관직을 지냈으나 적응하지 못하고 곧 사직하였다. 항상 전원생활을 동경해 오다 41세 때 누이의 죽음을 구실삼아 팽택현彭澤縣의 현령縣令을 80여 일만에 사임한 후 관계에 나가지 않았다. 이때의 퇴관성명서라 할 수 있는 「귀거래사歸去來辭」를 지었다.

그의 시풍은 기교를 부리지 않고 평담平淡하였기에 당대에 인정을 받지 못했지만 그 이후 육조六朝 최고의 시인으로 인정받았다. 이백李白, 고적高適, 백거이白居易 등이 그의 인품을 흠모했고 맹호연孟浩然, 왕유王維 등 많은 시인에게 영향을 끼쳤다. '중국 전원시의 개조開祖'로 불린다.

---

1 結廬(결려): 농막을 짓다. 집을 짓다

2 喧(훤): 지껄이다, 시끄럽다

3 偏(편): 편벽하다, 멀고 외지다

4 見(현): '볼 견' 자이나 여기서는 '나타날 현'으로 보아야 한다. 울타리 아래서 국화를 따다가 고개를 드니 남산이 유연히 나타나 보인다는 뜻이다

음주(9)

도연명(陶淵明)

이른 새벽 대문 두드리는 소리에

옷을 주섬주섬 걸친 채 문을 열고

"누구시죠?"라고 묻는데

호의를 품고 찾아온 나이 든 농부가

술병을 들고서 멀리서 나를 만나러 왔다고 한다

시류(時流)에 어울려 살지 않는 나를 의아히 여기고는

남루한 옷차림으로 누추한 초가에 사시는데

이는 마땅한 처소가 되지 못하지요

사람들은 서로 어울리며 살아가고 있는데

선생께서도 세상 시류(時流)에 어울려 사시는 게 어떨지요

어르신 말씀에는 깊이 감사하게 생각하지만

내 타고난 천성이 남들과 잘 어울리지 못한다오

말고삐를 늦추고 새로운 삶 배우는 일도 해 볼 만하지만

자신의 뜻을 어기는 것 또한 미혹에 드는 일이 되지요

자, 이제 가져오신 술이나 함께 즐깁시다

내 인생의 수레는 방향을 되돌릴 수 없으니

●

飮酒(其九)음주

飮酒(其九) 음주

清晨聞叩門¹ 청신문고문　倒裳往自開² 도상왕자개

問子爲誰歟 문자위수여　田父有好懷 전부유호회

壺漿遠見候 호장원견후　疑我與時乖³ 의아여시괴

襤縷茅簷下 남루모첨하　未足爲高栖⁴ 미족위고서

一世皆相同 일세개상동　願君汩其泥⁵ 원군골기니

深感父老言 심감부노언　稟氣寡所諧⁶ 품기과소해

紆轡誠可學⁷ 우비성가학　違己詎非迷⁸ 위기거비미

且共歡此飮 차공환차음　吾駕不可回 오가불가회

1　叩門(고문): 문을 두드리다

2　倒裳(도상): 顚倒衣裳(전도의상, 옷을 거꾸로 입다), 바삐 서둠을 나타냄

3　時乖(시괴): 시류에 어긋남. '乖(괴)'는 '어그러지다, 어긋나다'

4　高栖(고서): 거주하는 장소에 대한 미칭(美稱)

5　汩(골): 골몰하다, (물에) 가라앉다, 어지럽히다

6　諧(해): 화합하다, 어울리다, 조화되다, 농담하다

7　紆轡(우비): 말고삐를 늦추고 서서히 가다. '紆(우)'는 '굽다, 굽히다, 얽히다, 감돌다'는 뜻이며, '轡
(비)'는 '고삐(코뚜레), 재갈, 굴레이며, 법(法)의 비유'이다

8　詎(거): 어찌, 적어도, 진실로, 멈추다

3

전원에 돌아와서(1)

도연명(陶淵明)

어릴 적부터 세속과 잘 어울리지 못하고

본성이 자연을 사랑했거늘

세속의 길에 잘못 들어

훌쩍 13년이 가 버렸네

새장에 갇힌 새는 옛 숲을 그리워하고

연못의 물고기는 옛 못을 생각한다 했지

남쪽 들가의 황무지를 개간하고

소박하게 살고 싶어 전원으로 돌아왔네

마당은 천여 평에

초가 팔구 간뿐이나

느릅나무 버드나무 뒤 처마에 그늘 드리우고

복숭아 오얏나무는 마당 앞에 늘어서 있네

저 멀리 가물가물 마을이 보이고

동리엔 하늘하늘 연기가 피어나네

골목길엔 개가 짖어대고

뽕나무 꼭대기엔 닭이 우네

집 뜰엔 정갈한 기운만이 깃들고

빈방엔 오히려 한가로움이 넘쳐나네

오랫동안 새장에 갇혀 있다가

이제 다시 자연의 품으로 돌아왔네

●

歸園田居(其一)귀원전거

少無適俗韻소무적속운　　性本愛丘山성본애구산

誤落塵網中[1]오락진망중　　一去三十年[2]일거삼십년

羈鳥戀舊林[3]기조연구림　　池漁思故淵지어사고연

開荒南野際개황남야제　　守拙歸園田[4]수졸귀원전

方宅十餘畝[5]방택십여무　　草屋八九間초옥팔구간

榆柳蔭後簷유유음후첨　　桃李羅堂前도리라당전

曖曖遠人村[6]애애원인촌　　依依墟里煙[7]의의허리연

狗吠深巷中구폐심항중　　鷄鳴桑樹巓[8]계명상수전

---

1 塵網(진망): 세속에 얽매임

2 三十年(삼십년): '13년'의 오자로 보는 설이 있음

3 羈鳥(기조): 새장에 갇힌 새. '羈(기)'는 '굴레, 말고삐, 나그네, 구속받다'는 뜻

4 守拙(수졸): 소박한 생활

5 畝(무): 이랑, 밭두둑, 밭 넓이, 백 평

6 曖曖(애애): 흐리다, 어둡다

7 依依(의의): 연기가 피어나는 모양. 墟(허):터, 언덕, 구렁

8 桑樹巓(상수전): 뽕나무 꼭대기

戸庭無塵雜[9]호정무진잡   虛室有餘閒허실유여한

久在樊籠裏[10]구재번롱리   復得返自然부득반자연

---

9 塵雜(진잡): 속되고 번잡함

10 樊籠(번롱): 번뇌에 묶여 자유롭지 못함. '樊(번)'은 '울타리, 새장, 우리'를, '籠(롱)'은 '대바구니, 새장'

귀거래사

도연명(陶淵明)

돌아가리라

전원이 황폐해지려 하니 내 어찌 돌아가지 않으리

이미 마음은 육체의 노예가 되었으나

어찌 아픈 마음으로 슬퍼만 하리

지나간 일이야 어쩔 수 없지만

다가올 일은 추스를 수 있으니

잘못 든 길 멀지 않음을 실감하면서

지금이 옳고 어제가 잘못된 줄 깨달았네

배는 흔들리면서 강물을 가벼이 스쳐 가고

바람은 표표히 옷깃을 날리네

길손은 남은 길이 멀다고 하니

새벽 빛 희미함이 원망스럽네

멀리 허술한 대문과 추녀가 보여

기쁜 마음 넘쳐서 발걸음 바쁘네

심부름 하는 아이는 나를 반기고

아들 녀석은 문에서 기다리네

몇 갈래 길들은 이미 황폐한 속에

소나무와 국화는 아직도 자라고 있네

아들놈 손잡고 들어온 방엔

술이 동이에 가득하네

술동이 끌어당겨 스스로 따라 마시고

상기된 얼굴로 정원의 나뭇가지 지긋이 바라보며

남쪽 창가에 기대 호기도 부려 보고

작은 방에 앉아 편안함에 젖기도 하네

전원은 나날이 풍취를 더해 가고

비록 대문은 있어도 열어 놓을 일 없네

늙은 몸 지팡이에 의지하여 물가에 쉬고

때로 머리 들어 먼 곳을 바라보네

무심한 구름은 산봉우리 위에 올라오고

날다 지친 새들은 돌아올 때를 아네

경치는 어둑어둑해지려는데

외로운 소나무 어루만지며 주위를 서성이네

돌아가리라

세상 사람 만나는 일 이제는 쉬자

나와 세상은 서로 맞지 않으니
다시 세상에 나가 무엇을 구하리
피붙이들 정겨운 대화 즐기며
거문고와 책으로 시름 달래리
농사짓는 이웃 봄이 왔다고 일러 주니
이제 서쪽 밭이랑도 바빠지겠네

더러는 수레 타고, 혹은 노 저어
아름다운 계곡을 찾아가거나
더러는 가파른 언덕 지나면
나무들은 생기 있게 무성해지고
시냇물은 졸졸 흐르기 시작하네
부럽구나, 만물은 다시 때를 만나는데
나의 생은 끝을 향해 나아가니
이제는 다 끝나 가는가
내 육신 세상에 머물 날 얼마 안 되니
어찌 내 마음 자연의 흐름에 맡겨 두지 않으리

무엇을 할 것인가
서두르고 서둘러 어디로 가나
부귀는 나의 소원이 아니고
임금님 계신 곳은 기약도 없으니
좋은 날 좋은 때 홀로 나가서

지팡이 꽂아 놓고 김을 매거나

동쪽 언덕에 올라 휘파람 불고

맑은 물가 이르러 시나 지으리

멋진 삶 즐기다 돌아가리라

천명(天命) 즐길 것 어찌 다시 의심하리

●

歸去來辭 귀거래사

歸去來兮귀거래혜	田園將蕪胡不歸전원장무호불귀
既自以心爲形役[1]기자이심위형역	奚惆悵而獨悲 해추창이독비
悟已往之不諫오이왕지불간	知來者之可追지래자지가추
實迷塗其未遠실미도기미원	覺今是而昨非각금시이작비
舟搖搖以輕颺주요요이경양	風飄飄而吹衣풍표표이취의
問征夫以前路문정부이전로	恨晨光之稀微한신광지희미
乃瞻衡宇내첨형우	載欣載奔재흔재분
僮僕歡迎동복환영	稚子候門치자후문
三徑就荒삼경취황	松菊猶存송국유존
携幼入室휴유입실	有酒盈樽유주영준
引壺觴以自酌인호상이자작	眄庭柯以怡顔 면정가이이안
倚南窓以寄傲의남창이기오	審容膝之易安[2]심용슬지이안

---

1 形役(형역): 마음이 육체나 물질의 지배를 받음
2 容膝(용슬): 무릎을 겨우 용납할 수 있는 공간이라는 뜻으로 방이나 장소가 비좁음을 이르는 말

園日涉以成趣원일섭이성취　　門雖設而常關문수설이상관

策扶老以流憩책부노이유게　　時矯首而遐觀시교수이하관

雲無心以出岫운무심이출수　　鳥捲飛而知還조권비이지환

景翳翳以將入[3]경예예이장입　　撫孤松而盤桓[4]무고송이반환

歸去來兮귀거래혜　　請息交以絶游청식교이절유

世與我而相違세여아이상위　　駕言兮焉求가언혜언구

悅親戚之情話열친척지정화　　樂琴書以消憂악금서이소우

農人告余以春及농인고여이춘급　　將有事于西疇장유사우서주

惑命巾車[5]혹명건거　　惑棹孤舟혹도고주

旣窈窕以尋壑기요조이심학　　亦崎嶇而經丘역기구이경구

木欣欣以向榮[6]목흔흔이향영　　泉涓涓而始流[7]천연연이시류

羨萬物之得時선만물지득시　　感吾生之行休감오생지행휴

已矣乎이이호 寓形宇內復幾時우형우내부기시

曷不委心任去留갈불위심임거유

胡爲乎호위호 遑遑欲何之[8]황황욕하지

富貴非吾願부귀비오원　　帝鄕不可期제향불가기

懷良辰以孤往회양신이고왕　　惑植杖而耘耔[9]혹식장이운자

---

3 翳翳(예예): 어둑어둑해지다. '翳(예)'는 깃 '일산(日傘), 그늘, 가리다, 숨다'는 뜻

4 盤桓(반환): 자리에서 떠나지 못하고 서성이는 일

5 巾車(건거): 베나 비단으로 막을 쳐서 꾸민 수레

6 欣欣(흔흔): 기쁜 모습, 즐거운 모습

7 涓涓(연연): 시냇물이 흐르는 모양

8 遑遑(황황): 급하다, 허둥거리다, 두려워하다

9 耘耔(운자): 김을 매고 북을 돋우다

登東皐以舒嘯[10]등동고이서소   臨淸流而賦詩임청류이부시

聊乘化以歸盡[11]료승화이귀진   樂夫天命復奚疑악부천명부혜의

---

10 舒嘯(서소): 휘파람을 불다. '舒(서)'는 '펴다, 열리다, 흩어지다'를 뜻하며, '嘯(소)'는 '휘파람 불다, 읊 조리다'는 뜻이다

11 聊(료): 애오라지(부족하나마 그대로), 편안하다, 즐기다

등왕각서

왕발(王勃)

등왕의 높은 누각 강가에 임해 있는데

패옥(佩玉)과 방울 소리 울리던 가무도 끝났다

그림 그린 마룻대에 아침에 나는 것은 남포의 구름이요

저녁에 붉은 발을 걷으니 서산에는 비가 내린다

연못에 드리운 한가로운 구름 날마다 유유히 지나는데

만물이 바뀌고 별자리 바뀌어 몇 차례나 가을이 지났는가

누각 안에 있던 왕자는 지금 어디에 있나

난간 밖의 장강만 부질없이 흐르네

●

滕王閣序등왕각서

滕王高閣臨江渚[1]등왕고각임강저　　佩玉鳴鑾罷歌舞[2]패옥명란파가무

畫棟朝飛南浦雲화동조비남포운　　珠簾暮捲西山雨[3]주렴모권서산우

閑雲潭影日悠悠한운담영일유유　　物換星移度機秋[4,5]물환성이도기추

閣中宰子今何在각중재자금하재　檻外長江空自流[6,7]함외장강공자류

[참조] 왕발王勃, 650-676

중국 당나라 시인. 초당 4걸 중 한 명인 왕발은 명문가 출신으로 재능이 뛰어나 성년이 되기 전에 벼슬을 하였다. 등왕각騰王閣은 지금의 강서성 남창시에 있다. 고종 675년 중양절重陽節, 음력 9월 9일 염백서가 등왕각을 중수重修하고 베푸는 연회에 참여하게 되었다. 이때 염백서가 손님들에게 누대樓臺의 서문을 청하자 왕발王勃이 나서서 지은 글이다. 「북산이문北山移文」과 함께 병려문駢麗文 가운데 대표적 명문으로 꼽힌다. 부賦의 끝에 사운시四韻詩를 지었다. 등왕각서 내용 중에 아래의 문구는 사람들에게 회자膾炙되는 명구이다.

落霞與孤鶩齊飛낙하여고목제비
秋水共長天一色추색공장천일색
지는 노을은 외로운 물오리와 나란히 날고
가을 강물은 하늘빛과 한빛으로 짙어 가네

---

1 江渚(강저): 강가
2 佩玉鳴鑾(패옥명란): 사대부가 허리에 차는 옥과 수레를 끄는 말의 고삐에 다는 방울 소리
3 捲(권): 말다, 감아 말다
4 物換(물환): 만물이 바뀌다
5 度機秋(도기추): 몇 차례 가을이 지나다. 세월이 흘러감을 나타냄
6 檻(함): 난간, 우리, 함정
7 空(공): 부질없이, 헛되이, 비다, 모자라다

봄날 아침

맹호연(孟浩然)

봄잠에 날이 새는 줄도 몰랐는데

곳곳에 새 우는 소리 들리는구나

밤새 비바람 치는 소리 들렸는데

꽃은 얼마나 졌을까

●

春曉춘효

春眠不覺曉춘면불각효　處處聞啼鳥[1]처처문제조

夜來風雨聲야래풍우성　花落知多少[2]화락지다소

---

1 啼(제): (새나 짐승들이) 울다

2 多少(다소): 작은 정도, 어느 정도

[참조] 맹호연孟浩然, 689-740

중국 당나라 시인. 당나라의 대표적 산수山水, 전원시인으로 왕유王維와 함께 '왕맹시파王孟時派'로 불렸다. 왕유가 자연의 정적인 면을 객관적으로 노래한 데 비하여 그는 인간과 친화된 자연을 노래했다.

시골 친구 집을 찾아가

맹호연(孟浩然)

친구가 닭고기와 기장밥을 마련해 놓고

나를 불러 시골집에 찾아갔네

푸른 나무들 마을가에 빙 둘러서고

푸른 산은 성 밖에 비껴 서 있네

창문 열어 채마밭 마주하고

술잔 들고 뽕나무며 삼나무 이야기

중양절 이르기 기다렸다가

다시 와서 국화꽃 보기로 했네

●

過故人莊과고인장

故人具鷄黍[1]고인구계서　　邀我至田家요아지전가

1　鷄黍(계서): 닭고기와 기장밥

綠樹村邊合녹수촌변합   靑山郭外斜청산곽외사

開軒面場圃[2]개헌면장포   把酒話桑麻[3]파주화상마

待到重陽日[4]대도중양일   還來就菊花환래취국화

2 開軒(개헌): 창을 열다

3 桑麻(상마): 뽕나무와 삼나무(누에치기와 길쌈 등 농사일을 말함)

4 重陽日(중양일): 음력 9월 9일 중양절. 중국에서는 높은 곳에 오르거나 산수유나무의 가지를 꺾어 머리에 꽂고, 국화주를 마시는 등의 풍속이 있었다

8

푸른 계곡

왕유(王維)

황화천 들어가서

푸른 계곡 물 따라가면

산길 따라 굽이굽이 돌았는데도

걸어온 길 백 리도 못 되네

물속 자갈 구르는 소리 요란하나

빛깔은 깊은 소나무 숲 속에 고요하네

마름 풀은 물결 따라 흔들리고

맑은 물은 갈대를 비춰 주네

내 마음 소박하고 한가로운데

맑은 시냇물 이렇게 담박(淡泊)하니

너럭바위 위에 앉아서

낚시나 드리워 보세

●

靑谿청계

言入黃花川[1,2]언입황화천　　　每逐靑谿水매축청계수

隨山將萬轉수산장만전　　　　趣途無百里취도무백리

聲喧亂石中성훤난석중　　　　色靜深松裏색정심송리

漾漾汎菱荇[3,4]양양범능행　　　澄澄映葭葦[5,6]징징영가위

我心素已閒아심소이한　　　　清川澹如此청천담여차

請留盤石上청유반석상　　　　垂釣將已矣수조장이의

[참조] 왕유王維, 699?-759

중국 당나라 시인이자 화가. 그의 시는 불교의 영향을 받았으므로 그를 일컬어
'시불詩佛'이라고도 하며 수묵 산수화에도 뛰어나 남종문인화의 창시자로 평가
받는다. 소식蘇軾은 그의 시와 그림을 평하기를 시 속에 그림이 있고 그림 속에
시가 있다詩中有畵 畵中有詩고 하였다.

---

1 言(언): 발어사(첫 문장 앞에 운을 떼는 말)

2 黃花川(황화천): 지금의 섬서성(陝西省) 봉현(鳳縣) 황화진(黃花鎭) 부근에 있는 냇물

3 漾漾(양양): 물이 출렁이는 모양

4 菱荇(능행): 마름(물풀의 이름)

5 澄澄(징징): 물이 깨끗하고 맑은 모양

6 葭葦(가위): 갈대

9

장마 때 망천장에서

왕유(王維)

빈숲에 비는 끊이지 않고

굴뚝 연기는 느릿느릿 피어나는데

명아주 찌고 기장밥 지어 동쪽 새 밭에 보내네

아득한 넓은 무논엔 백로가 날고

그늘 깊은 여름 숲속엔 꾀꼬리 지저귀네

산속 정적 속에 들어 아침 무궁화를 바라보고

솔숲 아래 이슬 맞은 아욱을 조심스레 꺾네

시골 늙은이 이제 사람들과 자리다툼 그만두었거늘

갈매기야 무슨 일로 또 의심하느냐

●

積雨輞川莊作적우망천장작

積雨空林煙火遲적우공림연화지　烝黎炊黍餉東菑[1,2,3]증려취서향동치

漠漠水田飛白鷺막막수전비백로　陰陰夏木囀黃鸝[4]음음하목전황리

33

山中習靜觀朝槿산중습정관조근 松下淸齋折露葵[5]송하청재절노규

野老與人爭席罷야노여인쟁석파 海鷗何事更相疑해구하사갱상의

---

1 烝藜(증려): 명아주를 찌다

2 菑(치): 묵정밭, 경작된 지 한 해 된 밭

3 炊黍(취서): 기장밥을 짓다

4 囀黃鸝(전황리): 꾀꼬리가 노래함. '囀(전)'은 '지저귀다, 가락, 울림'을 의미

5 露葵(노규): 이슬 맞은 해바라기, 아욱, 접시꽃

10

산속 가을 저녁

왕유(王維)

고요한 산에 비 지나간 뒤

날씨는 쌀쌀한 늦가을이 되었네

밝은 달빛 솔잎 사이로 비추고

맑은 물은 바위 위를 흘러가네

대나무 숲에는 빨래를 마치고 돌아가는

여인들의 떠드는 소리

연잎 살랑거리며 고깃배 지나가네

자연의 뜻 따라 봄꽃은 쉬이 시들지만

그대, 그런대로 머물 만하지 않소

●

山居秋暝¹ 산거추명

---

1 秋暝(추명): 가을 저녁

空山新雨後공산신우후　　天氣晚來秋천기만래추

明月松間照명월송간조　　清泉石上流청천석상류

竹喧歸浣女[2,3]죽훤귀완녀　　蓮動下漁舟연동하어주

隨意春芳歇[4,5]수의춘방헐　　王孫自可留[6]왕손자가류

---

2 喧歸(훤귀): 떠들며 돌아가다

3 浣女(완녀): 빨래하는 여자

4 隨意(수의): 마음대로, 쉽게

5 芳歇(방헐): 꽃의 향기가 다 사라지다. 봄이 지나감을 나타냄

6 王孫(왕손): 귀공자. 본래는 왕의 자손이지만 흔히 풍류재자(風流才子)를 나타냄

원이를 안서 사자로 보내면서

왕유(王維)

위성에 내리는 아침 비 촉촉이 먼지 적시니

여관집 푸른 버드나무는 더욱 새롭네

그대에게 송별주 한 잔 다시 권하노니

서쪽 양관으로 떠나면 친한 이도 없으리니

●

宋元二使安西송원이사안서

渭城朝雨浥輕塵[1,2] 위성조우읍경진　　客舍靑靑柳色新[3] 객사청청유색신

勸君更盡一杯酒 권군갱진일배주　　西出陽關無故人[4] 서출양관무고인

---

1 渭城(위성): 장안 북서쪽에 있는 지명

2 輕塵(경진): 가벼운 먼지, 미세한 티끌

3 客舍(객사): 여관

4 陽關(양관): 서역국가의 공격을 방어하기 위해 돈황에서 남쪽으로 70킬로미터 떨어진 곳. 만리장성 (萬里長城)의 서쪽 끝단에 세웠다(돈황군 용륵현 소속). 이 시는 악부 시집에 '위성곡(渭城曲)' 또는 '양관곡(陽關曲)'이라는 제목으로 되어 있는데 당나라 때 이별의 곡으로 널리 애창되었다고 한다

12

백발노인을 슬퍼하며

유희이(劉希夷)

낙양성 밖 동쪽 들에 복숭아꽃 오얏꽃은

이리저리 나부끼다 어느 집에 떨어지나

낙양 젊은 여인의 얼굴 슬픔에 잠기고

날리는 꽃잎 보며 긴 탄식을 하네

올해 저 꽃 지고 나면 얼굴빛 변하리니

명년에 꽃 피어날 때는 누가 또한 있으려나

푸른 소나무 잣나무 잘리어 땔감이 되는 것 보았고

뽕나무 밭이 변해 바다가 되었다는 말 들었네

낙양성 밖 동쪽에 옛사람 간 데 없고

오늘날 사람들이 바람에 날리는 꽃을 맞이하네

해가 가고 또 가도 꽃은 항상 같은데

해가 가고 또 지나면 사람들 모습은 같지 않네

홍안(紅顔)의 젊은이에게 말 전하느니

죽어 가는 백발노인 불쌍히 여기게나

그도 예전엔 홍안의 미소년이었다네

귀공자와 왕손들 향기로운 나무 밑에 모여

꽃잎 날리는 시절 노래와 춤으로 보냈지

호화로운 누각에 수놓은 비단 장식을 하고 놀기도 하고

신선화(神仙畵)를 그린 장군의 누각에서도 놀았다네

하루아침에 병들어 누우니 친구들 떠나가고

봄날의 즐거운 시절은 어디로 사라졌는가

아름다운 그 얼굴 얼마나 오래가려나

순식간에 백발 되어 실타래처럼 어지럽네

예전의 춤추고 노래하던 곳 돌아보니

지금은 황혼녘에 새들만 슬피 우네

●

代悲白頭翁대비백두옹

洛陽城東桃李花[1]낙양성동도리화　飛來飛去落誰家비래비거낙수가

洛陽女兒惜顏色낙양여아석안색　行逢落花長歎息행봉낙화장탄식

今年花落顏色改금년화락안색개　明年花落復誰在명년화락부수재

已見松柏摧爲薪[2]이견송백최위신　更聞桑田變成海갱문상전변성해

古人無復洛城東고인무복낙성동　今人還對落花風금인환대낙화풍

年年歲歲花相似연년세세화상사　歲歲年年人不同세세연년인부동

寄言全盛紅顏子[3]기언전성홍안자　應憐半死白頭翁[4]응련반사백두옹

此翁白頭眞可憐차옹백두진가련　伊昔紅顏美少年[5]이석홍안미소년

公子王孫芳樹下공자왕손방수하　清歌妙舞落花前청가묘무낙화전

光祿池臺開錦繡[6]광록지대개금수 　將軍樓閣畵神仙[7]장군누각화신선
一朝臥病無相識[8]일조와병무상식 　三春行樂在誰邊[9]삼춘행락재수변
婉轉蛾眉能幾時완전아미능기시 　須臾鶴髮亂如絲수유학발난여사
但看古來歌舞地단간고래가무지 　惟有黃昏鳥雀飛유유황혼조작비

[참조] 유희이劉希夷, 651-680년

중국 당나라의 시인. 어린 시절부터 문재文才가 있었다. 숙종 상원 2년675년에 진사에 급제했지만 관직을 지낸 적은 없다. 그는 송지문宋之問의 사위였는데(일설에는 송지문이 외삼촌이라는 설도 있다) 본문 시 '年年歲歲花相似 歲歲年年人不同' 두 구절을 송지문이 달라 했으나 이를 거절하자 송지문이 자기 하인을 시켜 토낭土囊으로 눌러 죽였다는 일화가 있다.

---

1 洛陽(낙양): 중국 하남성 서부에 있는 도시. 장안(지금의 서안)과 더불어 중국 역사상 자주 국도(國都)가 된 곳으로 유명하다
2 摧爲薪(최위신): 나무가 베어져 땔나무가 되다
3 寄言(기언) : ~에게 말함
4 應憐(응련): 마땅히 가엾이 여기다
5 伊昔(이석): 그 옛날
6 光祿池臺(광록지대): 전한시대 광록대부 왕근(王根)의 연못 누각
7 將軍樓閣(장군누각): 후한 시대 양기(梁冀) 장군의 신선을 그린 누각
8 三春(삼춘): 봄 석 달 또는 세 해의 봄(3년)을 말하나 여기서는 젊은 청춘의 시절을 의미함
9 婉轉蛾眉(완전아미): 초승달처럼 가녀리고 아름다운 눈썹. 미인을 말함

13

고향에 돌아와서

하지장(賀知章)

어려서 고향 떠나 나이 늙어 돌아오니

사투리는 그대론데 머리카락만 희어졌네

어린 시절 친구 녀석 빤히 보면서도 몰라보고는

웃으며 묻는 말 "어디서 오셨오?"

●

回鄕偶書회향우서

少小離家老大回[1,2] 소소이가노대회   鄕音不改鬢毛衰[3,4] 향음불개빈모쇠

兒童相見不相識[5] 아동상견불상식   笑問客從何處來 소문객종하처래

---

1 少小(소소): 소(少)는 나이가 어림을, 소(小)는 몸집이 작음을 뜻함

2 老大(노대): 노(老)는 나이 많음을, 대(大)는 몸집이 큼을 나타냄

3 鄕音(향음): 사투리

4 鬢毛(빈모): 귀밑머리

5 兒童(아동): 여기서는 추억 속의 아동, 곧 어린 시절의 친구를 뜻함

중국 당나라 시인. 그는 시와 글뿐 아니라 초서와 예서에도 능했으며 시인 이

백李白의 발견자로도 알려져 있다. 그가 태자의 빈객賓客일 때 이백을 한번 보

고는 인간 세상으로 귀양 온 신선이라는 뜻의 '적선인謫仙人'이라 불렀다. 이백

을 현종에게 추천한 이도 그다.

버들을 노래함

하지장(賀知章)

푸른 옥으로 단장한 키 큰 버드나무 한 그루

만 가지 가지마다 연두색 비단 끈 내려놓았네

가느다란 버들 잎 누가 만들어 냈는지

아마도 2월 봄바람이 칼로 빚은 듯하다

●

咏柳영유

碧玉妝成一樹高[1]벽옥장성일수고　萬條垂下綠絲條[2]만조수하녹사조

不知細葉誰裁出[3]부지세엽수재출　二月春風似剪刀[4]이월춘풍사전도

---

1 妝成(장성): 단장하다, 꾸미다

2 綠絲條(녹사조): 푸른 실(버드나무 가지)

3 裁出(재출): 마름질하여 만들다. '裁(재)'는 '(옷을) 마르다(치수에 맞게 자르다)'는 뜻이다

4 剪刀(전도): 나무를 자르는 칼. '剪(전)'은 '자르다, 끊다, 베다'

산중문답

이백(李白)

무슨 일로 첩첩산중에 사느냐 내게 물으니

다만 미소 짓고 대답하지 않으나

마음은 그저 한가로울 뿐

복숭아꽃 물 위에 아득히 흘러가니

인간 세상 아닌 별천지가 아닌가

●

山中問答산중문답

問余何事棲碧山문여하사서벽산　　笑而不答心自閑소이부답심자한

桃花流水杳然去[1]도화유수묘연거　　別有天地非人間[2]별유천지비인간

---

1 杳然去(묘연거): 아득히 흘러가다

2 非人間(비인간): 인간 세상이 아니다

[참조] 이백李白, 701-762

중국 당나라 시인. 자는 태백太白, 호는 청련거사靑蓮居士. 그는 25세 때 촉나라를 떠나 양자강을 따라서 강남, 산동, 산서 등지를 편력하며 한평생을 보냈다. 이백은 43세 때 현종玄宗의 부름을 받아 3년여 한림학사翰林學士로 있을 때를 제외하고는 야인野人으로 천하를 주유하며 명사나 도사들과 교유交遊하고 시문을 창작하며 일생을 보냈다. 그는 젊어서 도교에 심취했으며 그의 시의 환상성의 대부분은 도교적 발상에 의한 것이다. 맹호연孟浩然, 원단구元丹丘, 두보杜甫, 고적高適 등 많은 시인과 교류하며 중국 각지에 발길이 닿지 않은 곳이 없을 정도로 발자취를 남겼다. 이백은 두보와 함께 '이두李杜'로 불리는 중국 최대의 시인이며 시선詩仙으로 불린다. 1,100여 편의 시를 남겼다.

두보杜甫가 인간 세속의 삶과 서민들의 삶에 관심과 애정을 가졌다면 이백은 인간 세상을 벗어나 초월을 꿈꾸었으며 그는 인간의 고통이나 비수悲愁까지도 벗어나 비상飛上하려 하였다. 그의 시 밑바닥에 흐르는 정신은 신선神仙이며 술은 그의 삶을 지탱하는 중요한 수단이었다. 두보는 그의 글을 평하기를 '筆落驚風雨 詩成泣鬼神'이라 하였다. "붓을 놓으면 비바람도 놀라고, 시가 완성되면 귀신도 흐느껴 운다."고 하여 이백에 대한 최대의 찬사를 남겼다.

16

고요한 밤

이백(李白)

침상에 내리는 달빛 밝기도 하다

마치 마당에 내린 서리 같구나

고개를 들어 산 위에 뜬 달을 바라보고

고개를 숙여 고향 생각을 하네

●

靜夜

牀前明月光상전명월광   疑是地上霜[1]의시지상상

擧頭望山月거두망산월   抵頭思故鄕저두사고향

---

1 **疑是**(의시): 마치 무엇과 같다

17

달빛 아래 술을 마시며

이백(李白)

꽃밭 가운데 술 항아리 하나 놔두고

함께할 벗 없어 홀로 술 마시네

술잔 들어 밝은 달 불러오고

그림자 마주하니 세 사람이 되었구나

그러나 달은 이미 술 마실 줄 모르고

그림자는 그저 내 몸 따라 움직일 뿐

잠시 달과 그림자 짝하여서라도

봄기운에 젖어 즐겨나 보리

내 노랫소리 따라 달은 서성이고

내가 춤을 추면 그림자 따라 미친 듯 춤추는구나

깨어 있을 때는 함께 즐기지만

취하고 나면 서로 흩어져 떠나가겠지

우리 정에 얽매이지 않는 사귐 길이 맺어

이다음 아득한 은하수 건너 다시 만나자

●

月下獨酌 월하독작

花間一壺酒 화간일호주　　獨酌無相親 독작무상친

舉杯邀明月[1] 거배요명월　　對影成三人[2] 대영성삼인

月旣不解飮[3] 월기불해음　　影徒隨我身[4] 영도수아신

暫伴月將影 잠반월장영　　行樂須及春 행락수급춘

我歌月徘徊 아가월배회　　我舞影零亂[5] 아무영영란

醒時同交歡 성시동교환　　醉後各分散 취후각분산

永結無情遊[6] 영결무정유　　相期邈雲漢[7,8] 상기막운한

1　邀(요): 맞다, 맞이하다, 마주치다
2　成三人(성삼인): 달과 작자와 그림자
3　徒隨(도수): 다만 따를 뿐이다
4　月將影(월장영): 將(장)은 '〜과의'라는 뜻이다
5　影零亂(영영란): 그림자가 사람 따라 어지럽게 움직이다
6　無情遊(무정유): 세속과 얽힌 모든 총애나 이해득실을 떠나 자적(自適)하다
7　邈(막): 멀다, 아득하다, 근심하다
8　雲漢(운한): 은하수

48

18

장진주

이백(李白)

그대 보지 못했는가

황하의 강물이 하늘에서 내려와

바삐 바다로 흘러가 돌아오지 않음을

그대는 보지 못했는가

고대광실(高臺廣室) 밝은 거울 앞에서 백발을 슬퍼함을

아침에 푸른 실 같던 머리카락 저녁에 흰 눈이 되었다고

인생에 뜻을 얻었으면 마음껏 즐길지니

술잔을 달빛 아래 그냥 두지 말게나

하늘이 내 재주 내었을 땐 필경 쓰일 데 있으리니

천금은 다 써 버려도 언젠가는 다시 돌아오는 것

양을 삶고 소를 잡아서 우리 즐겨나 보세

한번 마셨다면 삼백 잔은 마셔야지

잠부자, 단구생이여!

한 잔 드시게나 잔 멈추지 말고

그대 위해 한 곡조 부르리니

나를 위해 귀 기울여 들어나 보게

풍악 소리 살진 안주 대단할 것 없다네

오직 원하는 것은 길이 취해 깨어나지 않는 일

예로부터 성현들은 다 적막 중에 처했어도

오직 술꾼만은 그 이름을 남겼다네

진왕(陳王)이 예전 평락전에 잔치할 때

한 말에 만 냥 술을 마음껏 즐겼지

주인은 어찌하여 돈이 모자란다 하는가

곧장 술 받아다 우리 함께 마시세

오화마(五花馬), 천금구(千金裘) 가져다가

아이 불러 좋은 술과 바꾸어서

그대와 함께 만고의 시름 녹여나 보세

●

將進酒장진주

君不見 군불견

黃河之水天上來황하지수천상래　　奔流到海不復回분류도해불복회

君不見군불견

高堂明鏡悲白髮[1]고당명경비백발　　朝如靑絲暮成雪[2]조여청사모성설

人生得意須盡歡인생득의수진환　　莫使金樽空對月[3]막사금준공대월

天生我材必有用천생아재필유용　　千金散盡還復來천금산진환복래

烹羊宰牛且爲樂[4,5]팽양재우차위락　會須一飮三百杯회수일음삼백배

岑夫子, 丹丘生잠부자, 단구생

將進酒 杯莫停장진주 배막정

與君歌一曲여군가일곡　請君爲我傾耳聽청군위아경이청

鐘鼓饌玉不足貴[6]종고찬옥부족귀　但願長醉不願醒단원장취불원성

古來聖賢皆寂寞고래성현개적막　惟有飮者留其名유유음자유기명

陳王昔時宴平樂[7]진왕석시연평락　斗酒十千恣歡謔두주십천자환학

主人何爲言少錢주인하위언소전　徑須沽取對君酌[8,9]경수고취대군작

五花馬, 千金裘[10,11]오화마, 천금구

呼兒將出換美酒호아장출환미주　與爾同鎖萬古愁[12]여이동소만고수

---

1 高堂(고당): 고대광실(高大廣室), 호화로운 집

2 靑絲(청사): 검은 머리

3 金樽(금준): 아름다운 술잔. '樽(준)'은 '술잔, 술통, 술단지'

4 烹羊(팽양): 양을 삶다

5 宰牛(재우): 소를 잡다. 이 중 '재(宰)'는 '재상'을 의미하는데 여기서는 '도살하다, 고기를 저미다'의 뜻으로 쓰인다

6 鐘鼓饌玉(종고찬옥): 부귀한 사람들의 음악과 귀하고 진기한 음식

7 陳王(진왕): 삼국시대 진사왕(陳思王) 조식(曹植)

8 徑須(경수): 주저하지 말고. '徑(경)'은 '지름길, 빠르다, 곧바로'라는 뜻

9 沽取(고취): 술을 사 오다. '沽(고)'는 '매매하다, 팔다, 사다'는 뜻

10 五花馬(오화마): 다섯 가지 빛깔을 지닌 아름다운 말

11 千金裘(천금구): 여우 가죽으로 만든 값비싼 옷

12 同鎖(동소): 함께 녹이다. '鎖(소)'는 '녹이다, 녹다, 사라지다'

벗과 함께하는 밤

이백(李白)

천고에 쌓인 시름 씻어 버리려

연달아 백 병의 술을 비웠네

이 좋은 밤 우리 청담(淸談)이나 나누세

달이 휘영청 밝으니 잠자리에 들 수 없지 않은가

얼큰히 취해 빈산에 누우니

하늘과 땅이 바로 잠자리로구나

●

友人會宿우인회숙

滌蕩千古愁[1] 척탕천고수 留連百壺飮유연백호음

良宵宜淸談[2] 양소의청담 皓月未能寢호월미능침

醉來臥空山취래와공산 天地卽衾枕천지즉금침

---

1 滌蕩(척탕): 나쁜 것이나 깨끗하지 못한 것을 말끔히 없애 버림. '滌(척)'은 '씻다, 닦다, 청소하다'는 뜻

2 宵(소): 밤, 초저녁

⑳

여산폭포를 바라보며

이백(李白)

향로봉에 햇빛 비치니 자줏빛 안개 피어나고

멀리 보이는 폭포는 냇물이 매달린 듯

내리쏟는 물줄기 그 길이가 삼천 척

마치 하늘에서 은하수가 쏟아지는 듯하네

●

望廬山瀑布[1] 망여산폭포

日照香爐生紫煙 일조향로생자연　　遙看瀑布掛前川 요간폭포괘전천

飛流直下三千尺 비류직하삼천척　　疑是銀河落九天[2,3] 의시은하낙구천

---

1 廬山(여산): 지금의 강서성(江西省) 구강시(九江市) 북쪽에 있는 산

2 疑是(의시): 마치 ~과 같다

3 九天(구천): 구중(九重)의 하늘, 아주 높은 하늘

21

까마귀 밤에 우니

이백(李白)

붉은 노을 드리운 성 주위엔 까마귀 깃들고

나뭇가지에 날아든 까마귀 까악까악 우네

베틀 위에 비단 짜는 진천의 아낙네

연기 같은 푸른 비단창 너머로 혼잣말하네

북을 멈추고는 슬퍼하며 멀리 떠난 임 그리네

홀로 빈방에 누우니 눈물이 비 오듯 하네

●

烏夜啼오야제

黃雲城邊烏欲棲황운성변오욕서   歸飛啞啞枝上啼[1]귀비아아지상제

機中織錦秦川女[2]기중직금진천녀   碧紗如煙隔窓語[3]벽사여연격창어

1 啞啞(아아): 까마귀 우는 소리
2 織錦(직금): 비단을 짜다
3 隔窓(격창): 창을 사이에 두다(비단으로 된 창을 말함)

停梭悵然憶遠人[4,5]정사창연억원인   獨守空房淚如雨독수공방루여우

---

4 停梭(정사): 북을 멈추다. '梭(사)'는 '북(씨실을 넣고 날실 사이로 왕복하며 베를 짜는 기구)'
5 悵然(창연): 슬퍼하거나 마음이 아픈 상태

22

산속에서 친구와 술을 마시며

이백(李白)

두 사람이 마주 앉아 술을 마시는데

산에는 꽃이 피네

한 잔 한 잔 다시 또 한 잔

나는 취하여 졸리니 그대는 돌아가게나

내일 아침 생각나거든

거문고나 안고 오시게

●

山中與幽人對酌[1] 산중여유인대작

兩人對酌山花開 양인대작산화개 　　一杯一杯復一杯 일배일배부일배

我醉欲眠卿且去[2] 아취욕면경차거 　　明朝有意抱琴來[3] 명조유의포금래

---

1 幽人(유인): 세속의 명리를 떠나 은거(隱居)하는 선비

2 卿(경): 그대(2인칭 대명사)

3 抱琴來(포금래): 거문고를 안고 오다

2부

꽃인 듯
꽃이 아닌 듯

23

춘망

두보(杜甫)

나라는 망했어도 산하(山河)는 옛 그대로요

성안에는 초목만 무성하게 우거졌구나

시절을 생각하니 꽃을 보아도 눈물뿐이고

한스런 이별에는 새소리에도 놀라네

봉화불이 석 달이나 이어지니

집안 소식 담은 편지 만금(萬金) 값에 이르네

흰 머리 빗으니 더욱 짧아져 있고

모두 모아도 비녀 하나 꽂지 못하겠네

●

春望춘망

國破山河在국파산하재   城春草木深성춘초목심

感時花濺淚감시화천루   恨別鳥驚心한별조경심

烽火連三月봉화연삼월   家書抵萬金[1]가서저만금

白頭搔更短^{2}백두소갱단　　渾欲不勝簪^{3}혼욕불승잠

[참조] 두보杜甫, 712-770

중국 당나라의 시인으로 전국시대의 초나라 굴원屈原, 위진 남북조시대의 도연명陶淵明, 성당시盛唐時의 이백李白과 함께 4대 시인 중 한 사람이다. 자는 자미子美이며 24세 때 진사시험에 낙제한 후 산서성, 장수성과 저장성과 산동성, 허베이성 등을 여행할 때 이백李白과 고적高適을 만나 큰 영향을 받았다. 병란으로 청두를 떠난 적이 있으나 대체로 청두 서교의 완화浣花 초당草堂에 안주하였다.

그는 중국문학사상 이백과 더불어 큰 인물로 이백을 '시선詩仙'으로, 두보를 '시성詩聖'으로 부르기도 한다. 이백이 현실세계를 초탈하고자 하는 세계관을 가졌다면, 그는 인간세계에 대한 애정과 연민의 정을 가졌으며 자신의 비극적 슬픔까지도 객관적으로 관조한 시를 남김으로써 그의 시를 '시사詩史'로 부르기도 한다. 1300년 전 건조한 역사 속에 묻힐 뻔한 서민들의 애환과 민초들의 고통이 그의 시에서 살아 움직이는 그림을 보듯 드러난다.

그는 일상의 행복과 안녹산安祿山 난을 겪으며 고통 속에 살아가는 민초들의 삶을 애정 어린 눈길과 연민의 정으로 바라보는 시를 썼다. 시「춘망春望」은 두보의 나이 46세 때 안녹산安祿山 난으로 함락된 장안에서 지은 시로, 당나라 현종 지덕 2년757년 현종은 촉蜀으로 숙종은 봉상鳳翔으로 피난 가 임금조차 없는 수도 장안이 반란군으로 유린되는 전쟁의 상흔傷痕을 봄의 아름다움과 대비시켜 처절하게 묘사하고 있다. 그의 시에 대한 치열한 정신은 '語不驚人死不休', 즉

---

1 抵(저): 막다, 거스르다, 이르다, 해당하다
2 搔(소): 긁다, 마음이 움직이다, 손톱(조)
3 不勝簪(불승잠): 비녀를 감당하지 못하다. 즉, 비녀를 꽂기에 머리숱이 모자라다는 뜻

"내 글이 사람들을 놀라게 하지 못한다면 죽어서도 쉬지 않겠다."는 짧은 문장에 여실히 드러나 있다.

24

강촌

두보(杜甫)

맑은 강물 굽이굽이 마을 안아 흐르고

긴 여름 강촌 마을은 일마다 한가롭네

들보 위의 제비는 바삐 들며 날고

물 위의 갈매기는 서로 짝지어 노니네

늙은 아내는 종이 가져다 바둑판을 그리고

어린 아들놈 쇠바늘 두드려 낚시를 만드네

병든 몸이 얻고자 하는 것은 오직 약뿐이니

늙은이 이밖에 무엇 더 바랄 것 있으랴

●

江村강촌

清江一曲抱村流¹청강일곡포촌류   長夏江村事事幽²장하강촌사사유

自去自來梁上燕자거자래양상연   相親相近水中鷗상친상근수중구

老妻畫紙爲棋局³노처화지위기국   稚子敲針作釣鉤⁴,⁵치자고침작조구

多病所須唯藥物다병소수유약물　微軀此外更何求[6]미구차외갱하구

---

1 抱村(포촌): 마을을 껴안다

2 事事幽(사사유): 일마다 그윽하다, 고요하다, 조용하다

3 畵紙(화지): 종이에 그림을 그리다

4 稚子(치자): 어린아이

5 敲針(고침): 쇠바늘을 두드려 낚싯바늘을 만듦

6 微軀(미구): 보잘것없이 천한 몸, 자신을 겸손하게 이르는 말

석호리

두보(杜甫)

저물어 석호촌에 묵었는데

밤에 사람을 잡으러 아전이 찾아오자

할아범은 담장 넘어 달아나고

할멈이 문을 열고 나가 마중하는데

아전은 어찌 그리 노기를 띠고

할멈의 울부짖음 어찌 그리 처절한가

할멈의 하소연 소리 들어 보니

자식 삼형제가 모두 업성(鄴城)에 출정한 후

그중 아들 하나가 편지를 부쳐 왔는데

두 아들은 요새 전사를 했다 합니다

산 자는 욕되게라도 살아갈 수 있다지만

죽은 자는 이제 모두 끝나 버렸습니다

집 안에 아전 따라 나갈 사람은 아무도 없고

젖먹이 손자 놈 하나뿐입니다

손자가 있으니 제 어미는 나설 수 없고

나들이할 치마 한 벌도 없답니다

이 늙은이 몸은 비록 쇠약하지만

청컨대 이 밤 나리를 따라가서

급히 하양(河陽) 땅 부역에 나서면

아직은 새벽밥은 지을 수 있나이다

밤이 이슥하자 말소리 끊기고

흐느끼며 오열(嗚咽)하는 소리만 들리네

날이 밝아 길을 나설 때

홀로 남은 할아범과 작별을 했네

●

石壕吏석호리

暮投石壕村[1]모투석호촌	有吏夜捉人유리야착인
老翁踰墻走노옹유장주	老婦出門看노부출문간
吏呼一何怒이호일하노	婦啼一何苦부제일하고
聽婦前致詞[2]청부전치사	三男鄴城戍[3]삼남업성수
一男附書至일남부서지	二男新戰死이남신전사
存者且偷生[4]존자차투생	死者長已矣사자장이의

---

1 石壕村(석호촌): 하남성 섬현(陝縣) 협석진(峽石鎭)에 있는 한 촌락이다
2 前致詞(전치사): 관리 앞에 나가 사정을 말하다
3 戍(수): 수자리(변방을 지키는 자리)
4 偷生(투생): 구차한 삶을 살다. '偷(투)'는 '훔치다, 도둑질하다, 탐내다, 구차하다'는 뜻

室中更無人실중갱무인　惟有乳下孫유유하손

孫有母未去손유모미거　出入無完裙출입무완군

老嫗力雖衰노구역수쇠　請從吏夜歸청종리야귀

急應河陽役[5]급응하양역　猶得備晨炊[6]유득비신취

夜久語聲絶야구어성절　如聞泣幽咽[7]여문읍유열

天明登前途천명등전도　獨與老翁別독여노옹별

[참조]

당나라 수도 장안지금의 '西安'이 안녹산安祿山의 난으로 점령당할 위기 상황에 두보는 피난을 가다 석호촌에 묵게 되었다. 시인의 눈에 비친 전쟁의 비정함, 그 소용돌이 안에서 목숨을 부지하는 백성들의 아픔을 담아냈다.

---

5 河陽(하양): 지금의 하남성 맹현(孟縣) 경내. 석호촌에서 120킬로미터 정도의 거리라 한다

6 晨炊(신취): 새벽밥 짓는 일

7 幽咽(유열): 조용히 흐느껴 욺

26

손님

두보(杜甫)

집 남쪽과 북쪽으로는 온통 봄 강물뿐

날마다 갈매기만 무리 지어 날아오네

손님 찾아온다고 꽃길 쓸어 본 일 없었으니

다북쑥 문 오늘 그대 위해 처음 열었다오

시장 멀어 차린 음식 몇 가지 안 되고

살림 어려우니 그저 묵은 탁배기뿐일세

옆집 노인 함께해도 좋다면

울타리 너머 노인 불러 남은 잔마저 비우세

●

客至객지

舍南舍北皆春水사남사북개춘수　但見群鷗日日來단견군구일일래

花徑不曾緣客掃화경부증연객소　蓬門今始爲君開[1]봉문금시위군개

盤飧市遠無兼味[2]반손시원무겸미　樽酒家貧只舊醅[3]준주가빈지구배

肯與鄰翁相對飮긍여인옹상대음　隔籬呼取盡餘杯격리호취진여배

1　蓬門(봉문): 쑥으로 우거진 문
2　盤飱(반손): 상에 차린 음식. '飱(손)'은 '저녁밥, 익힌 음식, 먹다'
3　舊醅(구배): 묵은 술. '醅(배)'는 '거르지 않은 술'

27

굽이굽이 흐르는 강(1)

두보(杜甫)

꽃잎 하나 날려도 봄날은 가는데

수많은 꽃잎 펄펄 날리니 수심에 젖네

봄 경치 다 보려 하나 꽃은 잠깐 눈에 스쳐 가니

서러움 많아 마시는 술 저어하지 말게나

강가의 작은 정자엔 물총새 집을 짓고

궁원 옆 높은 무덤엔 기린 석상 나뒹구네

세상 변하는 이치 살피며 행락을 즐길지니

뜬구름 같은 명리로 몸 얽맬 일 무엇인가

●

曲江(1)[1]곡강

一片花飛減却春[2]일편화비감각춘　風飄萬點正愁人풍표만점정수인

1　曲江(곡강): 지금의 중국 강소성 양주시 남쪽의 장강
2　減却(감각): 줄어들다, 덜어 버리다

且看欲盡花經眼차간욕진화경안　　莫厭傷多酒入脣막염상다주입순

江上小堂巢翡翠[3]강상소당소비취　　苑邊高塚臥麒麟[4]원변고총와기린

細推物理須行樂세추물리수행락　　何用浮名絆此身[5]하용부명반차신

---

3 翡翠(비취): 비취빛의 물총새

4 麒麟(기린): 상상 속에 나오는 상서로운 동물로, 여기서는 무덤 앞의 석조물로 된 기린상을 말함

5 絆此身(반차신): 몸을 얽매다. '絆(반)'은 '얽어매다, 묶어 놓다'는 뜻

굽이굽이 흐르는 강(2)

두보(杜甫)

조회를 마치고 돌아와 매일 봄옷을 저당 잡히고

날마다 강어귀에 나가 흠뻑 취해 돌아오네

외상 술값은 사람 사는 곳마다 있기 마련이나

사람이 칠십 넘기기는 예부터 드물다네

꽃무더기 속 드나드는 나비는 숨었다가 나타나고

잠자리는 물위에 점찍듯 하다 느릿느릿 날아오르네

풍광에 말 전하노니 우리 함께 어우러져서

잠시나마 서로 어그러지지 말고 함께 즐기세나

●

曲江(2)곡강

朝回日日典春衣[1]조회일일전춘의　每日江頭盡醉歸매일강두진취귀

---

1 典(전): 저당 잡히다

酒債尋常行處有² 주채심상행처유　　人生七十古來稀³ 인생칠십고래희

穿花蛺蝶深深見^{4,5} 천화협접심심현　　點水蜻蜓⁶款款飛⁷ 점수청정관관비

傳語風光共流轉전어풍광공류전　　暫時相賞莫相違잠시상상막상위

2　尋常(심상): 평소(平素), 보통

3　古來稀(고래희): 예로부터 드물다. 칠십을 고희(古稀)라 이르게 된 것은 이 시에서 근거했다

4　穿(천): 나비가 꽃 무더기 속에서 이리저리 꽃을 헤집고 날아다님

5　蛺蝶(협접): 나비 또는 호랑나비

6　蜻蜓(청정): 잠자리

7　款款飛(관관비): 느릿느릿 나는 모양

높은 곳에 올라

두보(杜甫)

세찬 바람 일고 하늘은 높은데 원숭이는 슬피 우네

맑은 강물 백사장에 새들은 날아들고

끝없이 펼쳐진 숲에는 나뭇잎 우수수 지네

강물은 끊이지 않고 힘차게 흘러오는데

만 리 길 쓸쓸한 가을 나그네 신세 되어

한평생 병약한 몸으로 홀로 높은 누대(樓臺)에 오르네

어려운 세월 겪느라 흰머리만 부쩍 늘고

요즈음은 좋아하던 탁주조차 끊어 버렸네

●

登高[1]등고

風急天高猿嘯哀풍급천고원소애　渚清沙白鳥飛廻[2]저청사백조비회

無邊落木蕭蕭下[3]무변낙목소소하　不盡長江滾滾來[4]부진장강곤곤래

萬里悲秋常作客만리비추상작객　百年多病獨登臺백년다병독등대

艱難苦恨繁霜鬢⁵ 간난고한번상빈 潦倒新停濁酒杯⁶ 요도신정탁주배

---

1 登高(등고): 중국에서는 음력 9월 9일을 중양절(重陽節)이라 하여 가족들이 함께 모여 머리에 수유를 꽂고 높은 곳에 올라 국화주를 마시며 가족의 화목과 건강을 기리는 습속(習俗)이 있음

2 渚淸(저청): 맑은 물가

3 蕭蕭(소소): 나뭇잎이 바람에 스치는 소리

4 滾滾(곤곤): 강물이 출렁이며 흐르는 모양

5 霜鬢(상빈): 흰 귀밑머리

6 潦倒(요도): ~할 지경으로까지 전락하다

29

가을바람에 지붕은 날아가고

두보(杜甫)

팔월 가을 하늘 높은데 바람이 성난 듯 울부짖더니

세 겹으로 이은 지붕 이엉을 말아 올려

강 건너 기슭에 흩어 놓았네

높이 난 것은 큰 나무숲 가지 끝에 걸리고

낮은 것은 바람에 불려 가 웅덩이에 빠졌네

남촌의 악동들 내 늙고 힘없음을 깔보고는

뻔뻔스럽게 대놓고 훔쳐가네

보란 듯이 이엉을 안고 대나무 숲으로 사라져도

입술이 타고 입은 말라 소리 지를 수도 없고

돌아와 지팡이에 기대어 탄식할 뿐이네

얼마 안 지나 바람은 멎고 구름이 검게 변하더니

가을 하늘은 막막하게 어두워졌네

베이불은 오래되어 차갑기가 쇠붙이 같은데

개구쟁이 아이들 나쁜 잠버릇 이불속 다 찢어 놓았네

평상 잠자리마다 물이 들쳐 마른 곳이라곤 없는데

삼대 같은 빗발은 그칠 줄 모르네

난리를 겪은 뒤로는 내 잠도 줄었으니

기나긴 밤을 젖은 채 어찌 지샐 수 있을까

어찌하면 천만 칸 되는 너른 집을 구하여

천하의 궁핍한 선비들 불러 함께 환한 얼굴 빛 지을까

비바람에도 산과 같이 흔들리지 않는 집

아아! 언제나 눈앞에 우뚝한 그러한 집 나타나리오

그렇게만 된다면 내 집은 부서지고

나는 얼어 죽어도 그만이리

●

茅屋爲秋風所破歌[1] 모옥위추풍소파가

八月秋高風怒號팔월추고풍노호	券我屋上三重茅권아옥상삼중모
茅飛渡江灑江郊모비도강쇄강교	高者挂罥長林梢고자괘견장림초
下者飄轉沈塘坳[2]하자표전침당요	南村群童欺我老無力남촌군동기아노무력
忍能對面爲盜賊인능대면위도적	公然抱茅入竹去공연포모입죽거
脣焦口燥呼不得순초구조호부득	歸來倚杖自嘆息귀래의장자탄식
俄頃風定雲墨色[3]아경풍정운묵색	秋天漠漠向昏黑추천막막향혼흑

1 茅屋(모옥): 이엉이나 띠로 지붕을 이은 집
2 塘坳(당요): 작은 연못. '塘(당)'은 '못'을, '坳(요)'는 '우묵하다'를 뜻한다
3 俄頃(아경): 잠시 후, 잠시 전

布衾多年冷似鐵포금다년냉사철　嬌兒惡臥踏裏裂[4]교아악와답리열

牀牀屋漏無乾處상상옥루무건처　雨脚如麻未斷絕[5]우각여마미단절

自經喪亂少睡眠자경상란소수면　長夜沾濕何由徹[6]장야첨습하유철

安得廣廈千萬間안득광하천만간　大庇天下寒士俱歡顔[7]대비천하한

　　　　　　　　　　　　　　　사구환안

風雨不動安如山풍우부동안여산　嗚呼何時眼前突兀見此屋[8]오호하

　　　　　　　　　　　　　　　시안전돌올견차옥

吾廬獨破受凍死亦足오려독파수동사역족

[참조]

건원乾元 2년759년 두보가 성도成都에 도착하여 다음 해 봄에 완화계浣花溪 부근
에 초가집을 짓고 '완화초당浣花草堂'이라 이름을 지었다. 이듬해 가을에 큰 비
바람이 불어닥쳐 집 지붕이 날아가 버린 데 대해 자신의 초라한 신세를 한탄하
며 지은 시다.

---

4 嬌(교): 아리땁다, 요염하다, 사랑스럽다
5 雨脚如麻(우각여마): 빗발이 삼대처럼 세차게 내림을 비유
6 沾濕(첨습): 젖어서 축축함
7 大庇(대비): 전부 가리다. '庇(비)'는 '덮다, 감싸다, 보호하다'는 뜻이다
8 突兀(돌올): 높이 솟아 우뚝하다

30

강변 꽃을 찾아서

두보(杜甫)

강가 온통 꽃 천지니 이를 어쩌나

어디에 알릴 곳 없으니 그저 미칠 지경이네

서둘러 남쪽 마을로 술친구 찾아갔더니

그도 열흘 전에 술 마시러 나가고 평상만 덩그렇네

●

江畔獨步尋花[1] 강반독보심화

江上被花惱不徹[2] 강상피화뇌불철   無處告訴只顚狂[3] 무처고소지전광

走覓南鄰愛酒伴 주멱남린애주반   經旬出飮獨空床 경순출음독공상

---

1 江畔(강반): 두보가 초당을 짓고 한때 생활했던 성도(成都) 완화계(浣花溪) 시냇가

2 惱不徹(뇌불철): 고뇌나 번뇌를 떨쳐 버리지 못함

3 顚狂(전광): 미칠 지경에 이름

31

밤에 돛단배를 타고

두보(杜甫)

새싹 돋아나는 강 언덕에 살랑거리는 바람

높이 세운 돛배 타고 홀로 밤길을 가네

별빛 쏟아지는 널따란 평야

흐르는 강물 위에 달빛이 솟네

어찌 글을 지어 세상에 이름 드러내랴

늙고 병든 몸 이미 벼슬도 떠났네

정처 없이 떠도는 몸 무엇에다 견줄까

하늘과 땅 사이 한 마리 갈매기 신세

●

旅夜書懷여야서회

細草微風岸세초미풍안   危檣獨夜舟[1]위장독야주

星垂平野闊성수평야활   月湧大江流월용대강류

名豈文章著명기문장저   官應老病休관응노병휴

飄飄何所似[2]표표하소사　　天地一 沙鷗천지일사구

집 떠난 이의 노래

맹교(孟郊)

어머니 손수 옷을 지어

길 떠날 아들에게 입히셨네

떠날 즈음 꼼꼼히 더 꿰매심은

돌아올 날 더딜까 염려하심 이러라

누가 말했던가 마디풀 같은 마음이

어찌 봄볕 같은 은덕에 다 보답하리

●

遊子吟[1] 유자음

慈母手中線[2] 자모수중선　　遊子身上衣 유자신상의

臨行密密縫[3,4] 임행밀밀봉　　意恐遲遲歸[5] 의공지지귀

---

1 遊子(유자): 먼 곳에 가는 아들

2 線(선): 실, 바느질하다

3 臨行(임행): 떠날 무렵에 이르러

誰言寸草心⁶수언촌초심　　報得三春暉⁷보득삼춘휘

[참조] 맹교孟郊, 751-814

중국 당나라 시인. 시인이 54세의 나이에 율양溧陽 현위縣尉로 재직할 때 어머니를 맞이하며 지은 시다. 그는 오언시에 뛰어났으며 사회의 모순矛盾을 비판하고 백성의 질고疾苦를 탄식했다. 그는 벼슬살이를 하면서도 늘 시를 짓는 것을 낙으로 삼아 집에 들어가지도 않고 시를 지었다고 하는데, 여기에서 '시수詩囚' 곧 시에 갇힌 죄인이라는 별호를 얻었다고 한다. 맹교를孟郊 한유韓愈와 나란히 놓고 이들을 '한맹파韓孟派'라 부르기도 한다.

---

4 密密縫(밀밀봉): 촘촘하게 꿰매다. '密密(밀밀)'은 '빽빽함, 꼼꼼함'을 의미한다
5 遲遲(지지): 더디고 더딤
6 寸草心(촌초심): 한 치의 풀같이 짧은 마음(자식의 부모에 대한 마음)
7 三春暉(삼춘휘): 봄날 따스한 햇빛(부모의 자식에 대한 마음). '暉(휘)'는 '빛, 광채, 빛나다'는 뜻

한 맺힌 눈물

맹교(孟郊)

저의 눈물과 임의 눈물

이곳과 그곳 연못에 방울져 떨어져서

그 속에서 자란 연꽃을 보면

올해 어느 쪽 연꽃이 먼저 죽을까요?

●

怨詩원시

試妾與君淚시첩여군루   兩處滴池水양처적지수

看取芙蓉花간취부용화   今年爲誰死금년위수사

34

산의 돌

한유(韓愈)

산세가 험하고 길이 좁아서

황혼에야 다다른 절에는 박쥐들이 날고

불당에 올라 섬돌에 앉으니

방금 비가 흡족히 내려서

파초 잎은 커지고 치자나무는 무성히 자랐네

스님은 오래된 벽의 불화(佛畵)가 좋다고

불을 가져와 비추는데 그림은 잘 보이질 않네

침상과 자리를 준비해 놓고 밥상을 차려 내니

거친 밥이어도 배고픔 다스리기엔 충분하네

밤 깊어 고요 속에 누우니 온갖 벌레 소리 그치고

고개 넘어 솟은 달빛 방문에 비춰드네

날이 밝아 홀로 떠나는 길 안개로 길은 사라지고

오르락내리락 가는 길에 안개가 피어오르네

붉은 산과 푸른 개울물 빛깔 서로 어울리어 무르익고

때로 보이는 소나무와 상수리나무는 모두

열 아름이나 되는구나

물가에 맨발로 개울의 돌을 밟으니

거센 물소리와 옷깃을 파고드는 바람

인생살이 이렇듯 스스로 즐길 만한데

어찌 세상살이 속박에 매일 것인가

아아, 안타깝구나 친구들이여

어찌 늙어서 이곳에 다시 돌아오지 않겠는가

●

山石산석

山石犖确行徑微[1] 산석낙학행경미   黃昏到寺蝙蝠飛[2] 황혼도사편복비

升堂坐階新雨足 승당좌계신우족   芭蕉葉大支子肥[3] 파초엽대지자비

僧言古壁佛畵好 승언고벽불화호   以火來照所見稀 이화래조소견희

鋪牀拂席置羹飯[4] 포상불석치갱반   疎糲亦足飽我飢[5] 소려역족포아기

夜深靜臥百蟲絶 야심정와백충절   淸月出嶺光入扉 청월출령광입비

天明獨去無道路 천명독거무도로   出入高下窮煙霏 출입고하궁연비

山紅澗碧紛爛漫 산홍간벽분란만   時見松櫪皆十圍[6] 시견송력개십위

---

1 犖确(낙학): 산에 돌이 많아 평평하지 않은 모양. '确(학)'은 '자갈땅, 돌산'

2 蝙蝠(편복): 박쥐

3 支子(지자): 치자(梔子)

4 鋪牀(포상): 평상(자리)을 놓다(펴다)

5 疎糲(소려): 거친 밥. '糲(려)'는 '현미'

6 松櫪(송력): 소나무와 상수리나무

當流赤足蹋澗石당류적족답간석　水聲激激風吹衣[7]수성격격풍취의

人生如此自可樂인생여차자가락　豈必局束爲人鞿[8]기필국속위인기

嗟哉吾黨二三子[9]차재오당이삼자　安得至老不更歸[10]안득지로불갱귀

[참조] 한유韓愈, 768-824

중국 당나라 정치가, 사상가, 시인. 그는 태어난 지 얼마 안 되어 어머니를 잃고 3세에 아버지를 잃었다. 그리고 14세에 형을 잃고 형수 정부인鄭夫人 아래에서 자랐다. 7세에 독서를 시작, 13세에 문장에 재능을 보였다고 한다. 그의 사상은 불교를 반대하고 봉건적 일상 윤리와 인의仁義, 도덕道德을 바탕으로 한 유학 부흥의 기치를 높이 들었다. 유종원柳宗元과 함께 고문운동의 제창자로 활동했으며 산문으로는 그를 당송팔대가唐宋八大家 중 으뜸으로 친다.

---

7 激激(격격): 물의 흐름이 빠르고 세차다

8 鞿(기): 재갈. 여기서는 속박의 뜻이다

9 吾黨二三子(오당이삼자): 자신과 뜻이 맞는 친구 두세 명

10 安得(안득): 어찌 할 수 있는가

35

늦봄

한유(韓愈)

초목들 봄이 금세 가는 줄 아는지라

빨강, 분홍 갖가지 꽃과 향기 피우며 한껏 다투네

버드나무와 느릅나무는 별 재주가 없어

온 천지에 버들솜 눈송이 만들어 날리고 있네

●

晚春만춘

草樹知春不久歸초수지춘불구귀   百般紅紫鬪芳菲[1,2]백반홍자투방비

楊花楡莢無才思[3]양화유협무재사   惟解漫天作雪飛[4]유해만천작설비

---

1 百般(백반): 여러 가지
2 芳菲(방비): 꽃다움과 향기로움. '菲(비)'는 '향초(香草), 엷다, 향기가 짙다'는 뜻
3 楡莢(유협): 느릅나무 열매. '楡(유)'는 '느릅나무'를, '莢(협)'은 '꼬투리'를 뜻함
4 漫天(만천): 온 하늘 가득함

꽃인 듯 꽃이 아닌 듯

백거이(白居易)

꽃인 듯 꽃이 아니고

안개인 듯 안개가 아니어라

한밤중에 왔다가

날이 새면 떠나가네

올때는 봄날 꿈같기가 얼마이던가

떠날때는 아침 구름처럼 찾을 길 없네

●

花非花화비화

花非花霧非霧화비화무비무

夜半來天明去야반래천명거

來如春夢幾多時[1]내여춘몽기다시

去似朝雲無覓處[2]거사조운무멱처

[참조] 백거이白居易, 772-846

중국 당나라 시인. 자는 낙천樂天이다. 이백李白, 두보杜甫, 한유韓愈와 더불어 '이두한백李杜韓白'으로 불린다. 29세에 진사에 급제하였고 32세 때 황제의 친시에 합격하였으며 그 무렵 지은 「장한가長恨歌」는 유명하다. 말년에는 시와 술과 거문고를 삼우三友로 삼아 '취음선생醉吟先生'이란 호를 쓰며 유유자적悠悠自適하였다. 그의 문학은 인간을 대상으로 하며 생활의식이나 생활감정이 뒷받침되지 않으면 안 된다는 자각이었다. 따라서 그의 시는 경험적이고 보편적이며 평이平易한 문학의 폭을 넓혀 독자적인 세계관을 가졌다. 생존 시 그의 시는 민중 속에 파고들어 소 치는 아이나 말몰이꾼의 입에까지 오르내렸다 하며 우리나라에도 일찍부터 전해져 애송되었다.

화비화花非花시는 송옥宋玉의 무산신녀巫山神女의 고사를 인용한 시로 알려져 있다. 전국시대 초나라의 시인 송옥宋玉의 고당부高唐賦 서序에 초나라 회왕懷王이 고당을 유람할 때 꿈에 무산신녀巫山神女와 하룻밤 사랑을 나누고 헤어지는 시간에 회왕이 무척 아쉬워하자 무산신녀는 '저는 산봉우리에 구름이 되어 걸려 있다가 저녁이면 산기슭에 비가 되어 내릴 것입니다.' 라고 말하고 회왕 앞에서 홀연히 사라졌다 한다. 남녀의 육체적 사랑을 운우지정雲雨之情이라 하는데 이는 무산신녀와 초나라 회왕의 사랑에서 연유했다 한다.

---

1 幾多時(기다시): 얼마나 많은 시간
2 無覓處(무멱처): 찾을 곳이 없다. 覓(멱): 찾다, 구하다

유씨네 열아홉째에게

백거이(白居易)

술은 갓 익어 푸르스름한 거품이 일고

붉은 흙으로 빚은 화로도 있네

저녁 무렵인데 눈이 올 듯하니

그대 술 한잔할 수 있겠나

●

問劉十九문유십구

綠蟻新醅酒[1,2]녹의신배주　　紅泥小火爐[3]홍니소화로

晚來天欲雪만래천욕설　　能飮一杯無[4]능음일배무

1　綠蟻(녹의): 蟻(의)는 개미. 녹의(綠蟻)는 푸른 개미란 뜻으로 누룩이 발효되어 푸르스름한 거품이 떠
　도는 것을 가리킨다

2　醅酒(배주): 거르지 않은 술

3　紅泥(홍니): 붉은 흙(화로를 빚은 흙)

4　無(무): 의문을 나타내는 종조사(終助詞). '마(麼)' 또는 '마(嗎)'에 해당

국화주 익어 갈 때

백거이(白居易)

젊을 때도 생계를 걱정하지 않았거늘

늙어서 무슨 술값 아낄 것 있나

서로 일만 전 모아서 술 한 말 사세

우리 나이 이제 셋 모자란 일흔이로세

한가롭게 경전에서 궁구한 내용 화제 삼으며

취하여 듣는 그대 맑은 노랫가락 악기보다 났네

노란 국화 피는 철 기다렸다가

집에서 담근 술 익거들랑

우리 다시 만나 거나하게 한 번 취해 보세

●

與夢得沽酒閑飮且約後期[1] 여몽득고주한음차약후기

少時猶不憂生計소시유불우생계   老後誰能惜酒錢노후수능석주전

共把十千沽一斗[2] 공파십천고일두   相看七十缺三年상간칠십결삼년

閑微雅令窮經史[3] 한미아령궁경사   醉聽淸吟勝管絃 취청청음승관현

更待菊黃家醞熟[4] 갱대국황가온숙   共君一醉一陶然[5] 공군일취일도연

1 몽득(夢得): 유우석(劉禹錫)의 자(字). 당시 태자빈객(太子賓客)의 직책으로 태자소부(太子少傅) 벼슬인 백거이(白居易)와 함께 낙양(洛陽)에 있었다고 한다

2 십천(十千): 천이 열 개, 즉 만이라는 뜻

3 아령(雅令): 멋스러운 주령(酒令). 술 마실 때의 화젯거리

4 가온(家醞): 집에서 빚은 술

5 도연(陶然): 자유로운 상태에서 누리는 일락(逸樂). '陶(도)'는 '질그릇, 즐거워하다'는 뜻

39

연못에서

백거이(白居易)

(1)

산승이 마주 앉아 바둑을 두는데

바둑판 위에 대나무 그늘이 서늘하네

대나무 그림자에 가리어 사람은 보이지 않고

때때로 바둑 두는 소리만 들리네

(2)

한 소녀가 작은 배를 저어

주인 몰래 백련(白蓮)을 따 가지고 돌아오는데

종적을 감출 수 없으니

물풀 사이로 뱃길이 하나 열렸네

●

池上二絕지상이절

(一)

山僧對棋坐 산승대기좌　　局上竹陰淸[1] 국상죽음청

映竹無人見 영죽무인견　　時聞下子聲[2] 시문하자성

(二)

小娃撑小艇[3,4] 소왜탱소정　　偸采白蓮回[5] 투채백련회

不解藏踪迹 불해장종적　　浮萍一道開[6] 부평일도개

---

1 竹陰(죽음): 대나무 그늘

2 下子(하자): 바둑돌을 놓다

3 小娃(소왜): 예쁜 소녀. '娃(왜)'는 '예쁘다, 예쁜 여자, 아름답다'는 뜻

4 撑(탱): 버티다, 헤치다, (배를)저어 나가다

5 偸采(투채): 훔쳐서 따다

6 浮萍(부평): 개구리밥, 수초

40

다듬이 소리

백거이(白居易)

가을 밤 비단옷 다듬이질 뉘 집 아낙일까

괴로운 달밤 바람도 쓸쓸한데

다듬이 소리 마음 슬프게 하네

팔구월 밤은 더욱 길어만 가는데

천 번 만 번 그 소리 그칠 줄 모르네

날이 새면 머리카락 온통 백발 되리

다듬이 소리 한 번에 흰 머리 한 가닥 늘어날 테니

●

聞夜砧문야침

誰家思婦秋擣帛[1,2] 수가사부추도백　　月苦風凄砧杵悲[3] 월고풍처침저비

1　思婦(사부): 먼 곳에 있는 남편을 그리워하는 여인
2　擣帛(도백): 비단 옷을 다듬이질하다. '擣(도)'는 '찧다, 두드리다'는 뜻
3　砧杵(침저): 다듬잇돌과 방망이

八月九月正長夜팔월구월정장야　　千聲萬聲無了時[4]천성만성무료시

應到天明頭盡白응도천명두진백　　一聲添得一莖絲[5]일성첨득일경사

4 無了時(무료시): 끝날 때가 없다

5 一莖絲(일경사): 한 가닥 흰 머리. '경(莖)'은 '근본, 작은 가지, 기둥'

41

봄날 호수에서

백거이(白居易)

호숫가에 봄이 오니 그림만 같은데

산봉우리들이 에워싸고 수면은 잔잔히 펼쳐졌네

산자락마다 소나무 천 겹 비취색으로 수를 놓고

달은 호수 가운데 한 알 구슬로 박혔네

파란 담요 펼친 논에 벼이삭 뾰족뾰족 올라오고

푸른 비단 허리띠처럼 새 창포잎 돋아나네

내 차마 항주(杭州) 떨치고 떠나가지 못하나니

그 까닭의 반절은 바로 이 호수 때문이네

●

春題湖上춘제호상

湖上春來似畫圖호상춘래사화도　　亂峯圍繞水平鋪[1]난봉위요수평포

---

1 圍繞(위요): 에워싸다

松排山面千重翠송배산면천중취　月點波心一顆珠[2]월점파심일과주

碧毯線頭抽早稻[3]벽담선두추조도　靑羅裙帶展新蒲[4]청라군대전신포

未能抛得杭州去미능포득항주거　一半勾留是此湖[5]일반구류시차호

---

2 一顆珠(일과주): 한 개 둥근 구슬. 호수 가운데 뜬 달을 비유한 것이다

3 碧毯(벽담): 푸른 담요. 논에 자란 벼가 푸르게 펼쳐진 것을 비유한 것이다

4 裙帶(군대): 치마에 두르는 허리띠. '裙(군)'은 '치마, 속옷'을 뜻한다

5 勾留(구류): 유혹하여 머물게 하다

42

비파와 차

백거이(白居易)

이 세상 뭇 생명 중에 사람으로 태어나

타고난 대로 한평생 즐겁게 살았네

벼슬을 그만둔 뒤 봄이면 취하는 날 많아졌고

책 읽기도 그만두니 늘그막에 더욱 여유롭네

거문고 하면 녹수(淥水)곡이나 겨우 알고

차로 말하면 오래된 친구로 몽산차(蒙山茶)로다

형편이 좋을 때나 나쁠 때나 늘 함께했으니

누가 내게 요즘 오가는 친구 없다 하리오

●

琴茶금다

---

1 兀兀(올올): 빼어나다, 우뚝 솟아 동요함이 없다
2 寄形(기형): 형체를 기탁하다, 형체를 갖춘 생명체로 존재하다
3 群動(군동): 각종 동물, 만물이 생존하는 현실세계

兀兀寄形群動內[1,2,3]올올기형군동내　陶陶任性一生間[4]도도임성일생간

自抛官後春多醉자포관후춘다취　不讀書來老更閑부독서래노갱한

琴裡知聞唯淥水[5]금리지문유녹수　茶中故舊是蒙山[6]다중고구시몽산

窮通行止長相伴[7]궁통행지장상반　誰道吾今無往還수도오금무왕환

---

4 陶陶任性(도도임성): 각기 태어난 본성에 따라서 살아감. '陶(도)'는 '질그릇, 도공, 빚어 만들다, 즐거워하다'는 뜻이며, '任性(임성)'은 '천성에 맡겨 두다, 하고 싶은 대로 하다'는 뜻이다

5 淥水(녹수): 가야금 곡명

6 蒙山(몽산): 사천성 몽산에서 생산되는 차. 몽산은 차의 명산지로 유명하며 당나라 때부터 명 · 청대에 이르기까지 줄곧 공차(貢茶)의 명예를 누렸다

7 窮通行止(궁행통지): 궁지에 처해 있거나 일이 신통하게 잘 풀릴 때, 또는 행세할 때나 은거할 때

43

술잔을 마주하고

백거이(白居易)

달팽이 뿔 같은 세상에서 무얼 다툴 일 있나

부싯돌 불꽃같은 순간 속에 살아가는 이 몸

부유하든 빈한하든 즐겁게 살아가면 그뿐

호탕하게 웃지 않는 자 어리석은 사람인 것을

●

對酒대주

蝸牛角上爭何事[1]와우각상쟁하사   石火光中寄此身[2]석화광중기차신

隨富隨貧且歡樂수부수빈차환락   不開口笑是癡人불개구소시치인

---

1 蝸牛(와우): 달팽이 왼쪽 뿔은 촉(觸)나라를 비유하고 오른쪽 뿔은 만(蠻)나라를 비유했다. 촉과 만은
   전쟁을 일으켜 서로 수만 명의 백성들이 죽었다. 인생살이란 우주의 광대무변함과 영원무궁함에 비
   해 달팽이 뿔 위에서 부싯돌 불빛 같은 순간 속에 살아가는데 그 가운데 아웅다웅 다툴 일이 무엇인
   가라는 의미를 담고 있다

2 石火(석화): 부싯돌

눈 내리는 강

유종원(柳宗元)

온 산에 새 날지 않고

모든 길에는 사람의 발자취 끊기었는데

외로이 떠 있는 배엔

도롱이에 삿갓 쓴 노인

눈 내리는 추운 강에서

홀로 낚시질하네

●

江雪[1]강설

千山鳥飛絕천산조비절　萬徑人蹤滅[2,3]만경인종멸

孤舟簑笠翁[4]고주사립옹　獨釣寒江雪독조한강설

---

1 江雪: 눈 내리는 강가의 설경(雪景)
2 萬徑: 여러 갈래로 뻗은 조그마한 길
3 人蹤: 사람의 발자취

중국 당나라 시인. 그는 예부원외랑禮部員外郎으로 발탁되어 관직에 있으면서 한유韓愈, 유우석劉禹錫과 친구를 맺었다. 당송팔대가唐宋八大家의 한 사람으로 시와 문장이 600여 편에 이른다. 시보다 문장에 더 큰 업적을 남겼다. 시의 경우 산수에 관한 시가 특히 뛰어나며, 왕유王維, 맹호연孟浩然 등과 당시唐詩의 자연파를 형성했다.

그에 관련된 '간담상조肝膽相照'라는 고사성어가 있는데 유종원이 유주자사柳州刺史로 좌천되어 가게 되었을 때 당시 그의 친구 유우석劉禹錫도 편벽한 지역인 파주자사播州刺史로 가게 되었다. 이를 안 유종원이 파주는 몹시 궁벽窮僻한 변방인데 유우석이 여든이 넘은 어머니를 홀로 두고 갈 수도 없고 모시고 갈 수도 없는 처지를 알고 유종원은 눈물을 흘리며, 유주자사와 파주자사를 서로 바꿔달라고 조정에 간청해야겠다고 말하며 이 일로 내가 다시 죄를 입어 죽는다 해도 원망하지 않으리라고 했다. 이를 들은 배도裵度가 유우석의 이런 딱한 사정을 황제에게 아뢰어 유우석은 연주자사連州刺史로 가게 되었다 한다. 유종원 사후死後 한유韓愈가 그 우정에 감복하여 유자후묘지명柳子厚墓誌銘에서 "사람이란 어려운 일을 당했을 때 참된 절의節義가 나타나는 것이다. 평소에는 친구 간에 서로 간과 쓸개를 내보이는 것처럼 하다[간담상조肝膽相照], 이해관계가 생기면 눈을 돌려 모른 척하는데 유종원은 그렇지 않았다."고 기록하였다고 한다.

---

4 簑笠翁: 도롱이(우의)를 걸치고 삿갓 쓴 노인

고향 그리움

유종원(柳宗元)

바닷가에 솟은 산들 마치 칼끝과도 같네

곳곳에 가을 이르니 수심에 겨운 마음 에이네

이 몸 천억 개의 몸으로 변할 수만 있다면

산봉우리마다 흩어져서 고향땅 바라볼 수 있으련만

●

與浩初上人同看山寄京華親故[1,2] 여호초상인동간산기경화친고

海畔尖山似劍芒[3] 호상첨산사검망　　秋來處處割愁腸 추래처처할수장

若爲化得身千億 약위화득신천억　　散向峰頭望故鄕 산향봉두망고향

---

1 浩初上人(호초상인): 담주(潭州, 지금의 호남성湖南省 장사長沙) 사람. 당시 그는 임하(臨賀)에서 유
　주(柳州)까지 유종원을 찾아왔었다 함

2 京華(경화): 서울 장안(長安)

3 劍芒(검망): 칼끝. '芒(망)'은 '까끄라기(벼, 보리), 가시, 칼날'

여름비 갠 후 우계를 찾아서

유종원(柳宗元)

끊임없이 내리는 비 갓 갠 후

홀로 맑은 계곡 둘러보네

지팡이 들어 거친 샘 깊이 짚어도 보고

허리띠 풀어 새로 자란 대나무 둘레 감아도 보네

깊은 읊조림은 어찌된 일인가

적막은 오래 바라던 바였는데

다행히 세상 분주함에서 벗어나

휘파람 불어 노래하니 찌는 더위 잦아드네

●

夏初雨後尋愚溪[1] 하초우후심우계

---

1 愚溪(우계): 우계는 유종원이 유배지의 이름 없는 골짜기에 자기 신세를 빗대어 붙여 준 이름이라고
한다. 그는 이곳에 초당을 짓고 산책을 즐겼다

悠悠雨初霽²유유우초제　　獨繞淸溪曲³독요청계곡

引杖試荒泉인장시황천　　解帶圍新竹⁴해대위신죽

沉吟亦何事침음역하사　　寂寞固所欲적막고소욕

幸此息營營⁵행차식영영　　嘯歌靜炎燠⁶소가정염욱

---

2 悠悠(유유): 움직임이 한가하고 여유가 있고 느리다, 아득하게 멀다

3 獨繞(독요): 홀로 이리저리 둘러보다

4 解帶(해대): 허리띠를 풀다

5 營營(영영): 세력이나 이익 등을 얻으려고 분주하다

6 炎燠(염욱): 타는 듯한 무더위

3부

산 위에
떠가는 배

47

산행

두목(杜牧)

먼 추운 산 경사진 돌길 따라 오르니

흰 구름 이는 곳에 인가가 있네

수레 멈추어 세우고 늦은 단풍 즐기니

서리 맞은 나뭇잎이 꽃보다 더 붉네

●

山行산행

遠上寒山石徑斜원산한산석경사　　白雲生處有人家백운생처유인가

停車坐愛楓林晚정거좌애풍림만　　霜葉紅於二月花[1]상엽홍어이월화

[참조] 두목杜牧, 803-852

중국 당나라 시인. 이상은李商隱과 더불어 '이두李杜'로 불리며, 또 작품이 두보

---

1 霜葉(상엽): 서리 맞은 나뭇잎

杜甫와 비슷하다 하여 '소두小杜'로도 불린다. 26세 때 진사에 급제하여, 굉문관 교서랑宏文館校書郞이 되고, 벼슬이 중서사인中書舍人까지 올랐다. 강직한 성품의 소유자로, 당나라의 쇠운을 만회하려고 무던히 노력하였다. 정치와 병법을 연구하고, 「아방궁阿房宮의 부賦」라는 시를 지어 경종왕을 충고하려고 애썼다.

48

오강정에 부쳐

두목(杜牧)

승패라는 것은 병가(兵家)에겐 기약할 수 없나니

수치를 감수하고 참아 내는 것이 사내대장부라

강동에는 뛰어난 재주 지닌 자제들 많으니

권토중래(捲土重來)를 도모했다면 후일을 어찌 알리

●

題烏江亭제오강정

勝敗兵家事不期승패병가사불기　　包羞忍恥是男兒포수인치시남아

江東子弟多才俊강동자제다재준　　捲土重來未可知¹권토중래미가지

---

1 捲土重來(권토중래): 한 번 싸움에 패하였다가 다시 힘을 길러 흙먼지를 일으키며 쳐들어오는 일. 시
　인 두목은 항우(項羽)가 유방(劉邦)과 패권을 다투다 패하여 자살한 오강(烏江)에서 이 시를 읊으며
　아쉬워했다고 한다. 두목의 이 시에서 '권토중래(捲土重來)'라는 고사성어가 탄생했다

해오라기

두목(杜牧)

눈처럼 하얀 옷, 흰 머리에 푸른 옥빛 부리

개울에 떼 지어 그림자 드리우고 고기 잡다가

갑자기 놀라 푸른 산 멀리 날아가는데

저녁 바람에 흩날리는 배꽃인가 했네

●

鷺鷥노사

雪衣雪髮靑玉嘴[1] 설의설발청옥취   群捕魚兒溪影中군포어아계영중

鷺飛遠映碧山去경비원영벽산거   一樹梨花落晚風일수이화낙만풍

---

1 嘴(취): 부리, 주둥이, 사물(事物)의 뾰족한 끝

（50）

무제

이상은(李商隱)

만나기도 어렵지만 헤어짐 또한 어렵구나

봄바람에 힘을 잃어 온갖 꽃 다 시들어 가네

봄누에는 죽음에 이르러 실잣기를 다 하고

촛불은 재가 되어서야 눈물 마르기 시작한다네

아침에 거울 보니 근심으로 귀밑머리 희어지고

저녁에 시 읊조리다 달빛 차가움 깨닫네

봉래산 가는 길 여기서 멀지 않다 하니

파랑새야 슬며시 날아가 살펴봐 주려무나

●

無題무제

相見時難別亦難상견시난별역난　東風無力百花殘동풍무력백화잔

春蠶到死絲方盡춘잠도사사방진　蠟炬成灰淚始乾[1]납거성회누시건

曉鏡但愁雲鬢改[2]효경단수운빈개　夜吟應覺月光寒야음응각월광한

蓬山此去無多路³봉산차거무다로 靑鳥殷勤爲探看⁴청조은근위탐간

[참조] 이상은李商隱, 812~858

중국 당나라 시인. 그는 변려문駢麗文의 명수이긴 하였으나 그의 시는 한漢 · 위魏 6조시六朝詩의 정수를 계승하였고 당시에서는 두보杜甫를 배웠으며 이하李賀의 상징적 기법을 익혔다고 한다. 전고典故를 자주 인용, 풍려豐麗한 자구를 구사하여 당대 수사주의 문학의 극치를 보였다.

---

1 蠟炬(납거): 촛불. '炬(거)'는 '횃불, 등불, 불사르다'는 뜻
2 雲鬢(운빈): 흰 귀밑머리
3 蓬山(봉산): 봉래산(영주산 방장산과 함께 중국 전설상에 나오는 삼신산의 하나)
4 靑鳥(청조): 파랑새

꽃에 취하여

이상은(李商隱)

꽃 찾아 나섰다가 선주(仙酒)에 취하여

나무에 기대어 잠든 사이 해가 저물었네

손님 다 돌아간 후 술에서 깨니 밤이 깊었네

다시 촛불 들고 남은 꽃 구경했네

●

花下醉화하취

尋芳不覺醉流霞[1] 심방불각취류하 依樹沉眠日已斜의수침면일이사

客散酒醒深夜後객산주성심야후 更持紅燭賞殘花[2]갱지홍촉상잔화

---

1 流霞(유하): 전설 속의 선주(仙酒). 여기서는 아지랑이처럼 자욱이 피어 있는 꽃의 의미로 볼 수도 있다

2 賞(상): 상 주다, 증여하다, 즐기다, 즐겨 구경하다

시골길을 지나며

왕우칭(王禹偁)

말 타고 헤쳐 가는 산길에 갓 피어난 노란 들국화

말 가는 대로 유유히 떠도니 들길이 흥겹고

골짜기마다 온갖 소리 가득한데

비끼는 햇살에 말없이 서 있는 저 산봉우리들

팥배나무는 연지 빛 붉은 잎 떨어뜨리고

메밀꽃 피어 눈꽃 향 풍기네

흥얼거리다 문득 가슴 저미듯 슬퍼지는 까닭은

내 고향 같은 저 마을의 다리와 들판에 선 나무들

●

村行촌행

馬穿山徑菊初黃[1]마천산경국초황　信馬悠悠野興長[2]신마유유야흥장

---

1 馬穿(마천): 말을 타고 길을 헤쳐 나감

萬壑有聲含萬籟[3]만학유성함만뢰　數峯無語入斜陽수봉무어입사양

棠梨葉落臙脂色[4]당리엽락연지색　蕎麥花開白雪香[5]교맥화개백설향

何事吟餘忽惆悵[6]하사음여홀추창　村橋原樹似吾鄕촌교원수사오향

[참조] 왕우칭王禹偁, 954-1001

중국 북송시대의 시인. 그는 북송의 시문 혁신운동의 선구자로서 한유韓愈와
유종원柳宗元의 글과 두보杜甫, 백거이白居易의 시를 숭배하였으며 그의 작품은
대부분 사회 현실을 반영하고 청신하며 평이하게 묘사되었다.

---

2 信馬(신마): 말이 길을 가는 대로 믿고 유유히 나아감

3 萬籟(만뢰): 골짜기에서 들리는 온갖 소리. '籟(뢰)'는 '세 구멍 퉁소, 소리, 울림'을 뜻함

4 棠梨(당리): 팥배, 팥배나무의 열매

5 蕎麥(교맥): 메밀

6 惆悵(추창): 실망하여 슬퍼함

53

역사를 읽고

왕안석(王安石)

공명이란 예로부터 갖은 고초로 얻어지는 것인데

모든 행동의 판단은 누구에게 맡겨야 할까

당시에도 불분명한 이유로 오해를 받았는데

속된 무리들 갖은 장난으로 진실을 더욱 어지럽혔네

전적(典籍)에 전해지는 조악한 내용들 순수한 아름다움도 없고

사가(史家)의 필법으로도 바른 정신 그려 내기 어렵다네

구차한 몇 줄의 글로 어찌 고결한 현인의 뜻 담을 수 있으리

천 년 역사 홀로 지키는 이 종이 위의 먼지뿐이네

●

讀史독사

自古功名亦苦辛자고공명역고신　行藏終欲付何人[1]행장종욕부하인

當時黯闇猶承誤[2]당시담암유승오　末俗紛紜更亂眞[3,4]말속분운갱난진

糟粕所傳非粹美[5]조박소전비수미　丹靑難寫是精神[6]단청난사시정신

區區豈盡高賢意구구기진고현의　獨守千秋紙上塵독수천추지상진

[참조] 왕안석王安石, 1021-1086
중국 북송시대의 문필가이자 시인 정치인으로 신법新法의 개혁정책을 실시했다. 그는 뛰어난 산문과 서정시를 남겼다. 당송팔대가唐宋八大家 가운데 한 명으로 꼽히며 후대에 큰 영향을 끼쳤다. 그는 신법이라 불리는 여러 정책을 입안하고 추진한 개혁적 정치사상가로 널리 알려져 있다.

---

1 行藏(행장): 원래 이 말은 『논어』 「술이편」에 나온다. 用之則行 舍之則藏(등용되면 세상에 나가 도를 행하고 버림받으면 초야에 숨는다는 뜻). 여기서는 사람의 거취나 행위를 이름
2 黮闇(담암): 명확하지 않거나 불분명하다는 뜻. '黮(담)'은 '검다, (사리에) 어둡다'는 의미다
3 末俗(말속): 일반 사람들의 습속이나 풍습을 폄하하여 이름
4 紛紜(분운): 말이나 일 또는 의견들이 어지럽거나 시끄러움
5 糟粕(조박): 본래 술지게미를 뜻하나 여기서는 일반적인 전적(典籍)을 지칭함
6 丹靑(단청): 두 가지 뜻이 있는데, 하나는 단책(丹册)과 청사(靑史), 즉 역사서라는 뜻이고 다른 하나는 그림, 즉 회화나 화가를 뜻한다

농촌 아낙의 탄식

소식(蘇軾)

금년에는 메벼가 유난히 늦게 익어

서릿바람 불기만 간절히 기다리네

서릿바람 불 때에 큰비 쏟아지니

쇠스랑과 낫자루에 곰팡이 피어나네

눈물 다 마르도록 비는 멎지 않아

누런 이삭 흙에 잠김을 차마 못 보겠네

한 달을 거적 덮고 논둑에서 잠자다

하늘 개자 수레에 벼 싣고 돌아오네

피멍 진 어깨에 땀 흘리며 장으로 실어 가나

가격을 쌀겨처럼 매겨 주네

소 팔아 세금 내고 집 헐어 땔감하며

명년에 굶을 일은 생각지도 못하네

관청에선 쌀 대신 현금만을 받으며

서북 만 리에서 강족 쌀장사 불러오네

만조백관 있어 민생 더욱 고달프니

차라리 강물에 빠져 죽어 하백의 부인이

되는 것만 못하겠네

●

吳中田婦歎 오중전부탄

今年粳稻熟苦遲[1] 금년갱도숙고지　　庶見霜風來幾時[2] 서견상풍래기시

霜風來時雨如瀉 상풍래시우여사　　杷頭出菌鎌生衣[3,4] 파두출균겸생의

眼枯淚盡雨不盡 안고루진우부진　　忍見黃穗臥靑泥[5] 인견황수와청니

茅苫一月隴上宿[6] 모점일월롱상숙　　天晴穫稻隨車歸 천청확도수거귀

汗流肩頳載入市[7] 한류견정재입시　　價賤乞與如糠粞[8] 가천걸여여강서

賣牛納稅拆屋炊[9] 매우납세탁옥취　　慮淺不及明年饑 여천불급명년기

官今要錢不要米 관금요전불요미　　西北萬里招羌兒[10] 서북만리초강아

龔黃滿朝人更苦[11] 공황만조인갱고　　不如却作河伯婦[12] 불여각작하백부

---

1 粳稻(갱도): 메벼

2 庶(서): 여러, 거의, 바라건대

3 杷頭(파두): 갈퀴, 쇠스랑

4 鎌生衣(겸생의): 낫에 녹이 슬다. '鎌(겸)'은 '낫'

5 黃穗(황수): 누런 벼이삭

6 茅苫(모점): 띠로 만든 거적, 隴(롱): 밭두둑

7 肩頳(견정): 무거운 짐으로 어깨가 피멍이 듦

8 糠粞(강서): 쌀겨와 싸라기

9 拆屋炊(탁옥취): 집을 부수어 땔감으로 하다

10 羌兒(강아): 티베트의 강족(羌族) 상인

11 龔黃滿朝(공황만조): 한(漢)나라의 공수(龔遂)와 황패(黃覇)처럼 집권층 관리들이 조정에 가득 차 있다

12 河伯婦(하백부): 황하의 수신(水神) 하백의 부인

중국 북송시대를 대표하는 시인. 호는 동파거사東坡居士이다. 그는 문학가요 예술가로서 시와 산문은 물론 서예와 화화에도 조예가 깊었다. 어렸을 때 유가儒家의 가르침을 받았고 불교의 윤회전생과 도가道家의 초연절진超然絶塵사상을 터득했다. 그는 문장을 통해 심수상응心手相應의 경지에 도달하여 20여 세에 국사國師의 반열에 올랐다. 사상적으로 자유분방하여 어디에 편중되거나 구속되기를 거부했으며 시문 창작에도 내용이나 형식에 얽매이지 않았다. 그의 문학작품 중에 가장 유명한 「적벽부赤壁賦」가 있다. 그의 부친 소순蘇洵은 두 아들 소식蘇軾과 소철蘇轍과 함께 '삼소三蘇'라 불리며 삼부자가 다 당송팔대가唐宋八大家가 되었다.

55

달밤에 손님과 살구나무 아래서

소식(蘇軾)

살구꽃 주렴에 날려 남은 봄날 흩어지는데

달빛은 창에 들어와 한가로운 사람 찾는구나

옷을 추어들고 달빛 아래 꽃 그림자 밟으니

달빛이 흐르는 물에 뜬 수초를 적시는 것 같네

꽃 사이에 술동이 두니 맑은 향 풍기는데

긴 꽃가지 휘어잡으니 향기로운 눈꽃이 우수수 땅에 지네

산촌의 거친 술이라 마시기 어렵다면

그대, 잔 속의 달을 마시게나

퉁소 소리 밝은 달빛을 가르고 사라지는데

단지 걱정은 달 지고 술잔이 비는 것이네

내일 아침 봄바람 휩쓸고 지나가면

푸른 잎에 숨어든 꽃만 볼 수 있겠지

●

月夜與客飲酒杏花下[1]월야여객음주행화하

杏花飛簾散餘春 행화비렴산여춘	明月入戶尋幽人 명월입호심유인
褰衣步月踏花影[2] 건의보월답화영	炯如流水涵靑蘋[3] 형여유수함청빈
花間置酒淸香發 화간치주청향발	爭挽長條落香雪[4] 쟁만장조낙향설
山城薄酒不堪飲[5] 산성박주불감음	勸君且吸盃中月 권군차흡배중월
洞簫聲斷月明中 통소성단월명중	惟憂月落酒杯空 유우월락주배공
明朝捲地春風惡[6] 명조권지춘풍악	但見綠葉棲殘紅[7] 단견녹엽서잔홍

---

1 杏花(행화): 살구꽃
2 褰衣(건의): 옷을 추어올리고 걸음. 반갑게 상대를 맞이하러 나가는 동작
3 炯如流水(형여유수): 달빛에 투사되는 꽃나무의 그림자를 흐르는 물 위의 수초로 비유함
4 香雪(향설): 향기로운 꽃을 비유
5 山城薄酒(산성박주): 가난한 산촌의 맛없는 술
6 惡(악): 험악함, 세차게 부는 바람
7 綠葉棲殘紅(녹엽서잔홍): 푸른 이파리 속에 깃든 꽃, 제일 나중에 피는 꽃

56

거문고

소식(蘇軾)

만약 거문고에 소리가 있다면

갑(匣) 속에 있을 때는 왜 소리가 울리지 않는가

만약 거문고 소리가 손가락 끝에서 나는 거라면

어찌하여 그대 손가락에서 소리가 나지 않는가

●

琴詩금시

若言琴上有琴聲약언금상유금성　放在匣中何不鳴방재갑중하불명

若言聲在指頭上약언성재지두상　何不于君指上聽하불우군지상청

[참조]

능엄경楞嚴經에 이런 이야기가 나온다고 한다.

"譬如琴瑟琵琶 誰有妙音 若無妙指 終不能發 汝與衆生亦復如是(비유컨대 거문고

와 비파는 비록 아름다운 소리를 가지고 있으나 오묘한 손놀림이 없으면 끝내 소리를 낼

수 없다. 그대와 중생들도 역시 이와 같은 것이다)."

금시琴詩는『능엄경』내용에서 영향을 받은 것으로 추정된다.

57

염노교

주동유(朱敦儒)

늙어 기쁜 것은

인간 세상 두루 거쳐

속세의 밖을 알게 된 것이네

헛되고 공허함을 꿰뚫어 보고

바다 같은 한과 산 같은 근심을

단숨에 부서뜨렸네

꽃에 홀리는 일 없고

술로 인해 문란해지지도 않으니

어디서나 머리가 맑네

배부르면 잠자리 찾고

깨어나 장소만 있으면 놀이를 펼치네

고금(古今)의 일 말하지 말게

이 늙은이 마음속엔

그렇게 많은 일일랑 없다네

신선을 바라지 않고 부처에게 아첨도 않고

분주하게 공자를 배우지도 않는다네

그대와 다투기 귀찮아

웃도록 내버려 두니

이렇고 그저 이러할 뿐이네

세상 연극 다 마치고 나면

옷 벗어 어리석은 이에게나 주려 하네

●

念奴嬌염노교

老來可喜노래가희	是歷偏人間시역편인간
諳知物外[1]암지물외	看透虛空간투허공
將恨海愁山장한해수산	一時挼碎[2]일시뇌쇄
免被花迷면피화미	不爲酒困불위주곤
到處惺惺地[3]도처성성지	飽來覓睡포래멱수
睡起逢場作戲수기봉장작희	休說古往今來휴설고왕금래
乃翁心裏내옹심리	沒許多般事몰허다반사
也不蘄仙不佞佛[4]야불기선불녕불	不學棲棲孔子[5]불학서서공자
懶共賢爭[6]나공현쟁	從教他笑종교타소
如此只如此여차지여차	雜劇打了[7]잡극타료
戲衫脫與獃底[8]희삼탈여애저	

[참조] 주돈유朱敦儒, 1081-1159

중국 남송 시인.

* 염노교念奴嬌: 염노念奴는 당나라 연간742-756에 가무歌舞를 잘하고 목소리가 아름다운 기녀妓女이다. 그녀는 100자로 된 노래 가사를 만들어 불렀는데 이를 '백자요百字謠'라 한다. 염노가 죽고 난 후 '염노교'라는 사패詞牌가 궁중에 생겨 났으며 후일 송나라 때 문장가들이 '염노교'란 제목으로 사詞를 썼다. 이 작품의 형식은 사詞이기 때문에 염노교는 작품의 제목이 아니고 악보에 해당하는 사패 이다. 사패詞牌 염노교는 쌍조雙調로 2절이며 글자 수는 100자이다.

---

1 **物外**(물외): 속세의 밖, 속세를 벗어난 곳
2 **挼碎**(뇌쇄): 비벼서 부서뜨리다
3 **惺惺**(성성): 머리가 맑다, 똑똑하다
4 **蘄**(기): 풀이름, 구하다, 빌어서 원하다
5 **棲棲**(서서): 바쁜 모양, 분주한 모양
6 **賢**(현): 그대, 당시에는 2인칭의 경어로 사용했다
7 **雜劇**(잡극): 잡극, 중국 전통극의 일종
8 **獃底**(애저): 어리석은 자, 세속인. '애(獃)'는 '어리석다, 우두커니 서 있다'

58

개미

양만리(楊萬里)

우연히 서로 만나 자세히 길을 묻는다

그런데 이사는 무슨 일로 그리 자주 하는지

작은 몸에 필요한 음식이 얼마나 되기에

한 번 수렵해서 돌아오는 길

가득가득 많기도 하구나

●

觀蟻관의

偶爾相逢細問途우이상봉세문도   不知何事數遷居[1]부지하사삭천거

微軀所饌能多少미구소찬능다소   一獵歸來滿後車일렵귀래만후거

---

1 **數遷居**(삭천거): 자주 거처를 옮기다. '數(삭)'은 '자주'를 뜻한다

[참조] 양만리楊萬里, 1127-1206

중국 남송의 시인. 그는 평생 동안 2만여 수의 시를 지었는데 지금은 4,200여 수만 남아 있다. 다작으로는 친구인 육유陸游에 버금가는 양이다. 그의 시는 속어俗語를 섞어 썼으며 경쾌한 필치와 기발한 발상에 의한 시가 많다.

꽃 그림자

양만리(楊萬里)

가마 문을 닫고 어찌 짙은

산 빛 알 수 있으리오

산에 핀 꽃 그림자 무논에 얼비치는데

무논 속의 붉은 꽃들 자세히 헤아리니

그림자 한 점 한 점 산에 핀 꽃과 똑같네

●

水中山花影수중산화영

閉轎那知山色濃[1] 폐교나지산색농 山花影落水田中산화영락수전중

水中細數千紅紫수중세수천홍자 点對山花一一同점대산화일일동

---

1 **轎**(교): 가마

대나무

정섭(鄭燮)

한 마디 다시 한 마디

천 가지에 만 개의 이파리

내가 대나무 꽃 피워 내지 않는 것은

벌과 나비 찾아와

수선 떨지 못하게 하기 위해서라네

●

題畵제화

一節復一節일절부일절　千枝攢萬葉¹천지찬만엽

我自不開花아자불개화　免撩蜂與蝶²면료봉여접

---

1 攢萬葉(찬만엽): 많은 잎을 그려 넣다. '攢(찬)'은 '모이다, 모으다'는 뜻
2 撩(요): 다스리다, 돋우다, 어지럽다

[참조] 정섭鄭燮, 1693-1765

중국 청나라 중기의 화가이자 시인이다. 그는 시詩, 서書, 화畵에 모두 특색 있는 작품을 남겼으며 그림에서는 양주팔괴揚州八怪의 한 사람으로 이름을 떨쳤다.

61

소나기

화악(華岳)

소꼬리 쪽에 검은 구름 먹물 번지듯 일더니

소머리 쪽에 비바람 수레 뒤엎을 듯 몰아치네

성난 물결 삽시간에 백사장을 휩쓸고

십만 군사 함성처럼 계곡물 쏟아지는 소리

서쪽 개울 모퉁이에 사는 목동이

이른 새벽 소를 타고 개울 북쪽으로 풀 뜯기러 갔다가

황망히 빗속을 뚫고 개울 건너오는데

소나기 기세는 씻은 듯 개고 산은 푸르기만 하네

●

驟雨[1] 취우

牛尾烏雲潑濃墨[2] 우미오운발농묵　　牛頭風雨翻車軸[3] 우두풍우번거축

怒濤頃刻卷沙灘[4] 노도경각권사탄　　十萬軍聲吼鳴瀑 십만군성후명폭

牧童家住溪西曲 목동가주계서곡　　侵早騎牛牧溪北[5] 침조기우목계북

慌忙冒雨急渡溪황망모우급도계　雨勢驟晴山又綠[6]우세취청산우록

[참조] 화악華岳, 생몰연대 미상, 이 시는 1225년 전후에 쓰인 시이다

중국 송나라 시인.

---

1 驟雨(취우): 소나기
2 潑濃墨(발농묵): 짙은 먹빛이 번지다. 소나기구름이 갑자기 뒤덮임을 비유한 것이다
3 翻車軸(번거축): 수레를 뒤엎다
4 卷沙灘(권사탄): 모래사장을 휩쓸다
5 侵早(침조): 이른 아침
6 驟晴(취청): 갑자기 맑게 개다. '驟(취)'는 '달리다, 빠르다, 갑자기'라는 뜻이다

62

달밤

옹조(翁照)

달빛 쏟아지는 밤 고요히 앉아

홀로 읊조리는 소리 서늘한 기운 흩뜨리네

개울 건너 늙은 학이 날아와

매화 그림자 밟아 부서뜨리네

●

梅花塢坐月[1]매화오좌월

靜坐月明中정좌월명중　　孤吟破清冷고음파청냉

隔溪老鶴來격계노학래　　踏碎梅花影[2]답쇄매화영

---

1 梅花塢(매화오): 매화가 핀 언덕. '塢(오)'는 '둑, 제방, 마을, 후미진 곳'

2 踏碎(답쇄): 밟아서 부서뜨리다

[참조] 옹조翁照, 1677-1755

중국 청나라 시인.

63

매화 그림

운수평(惲壽平)

잔설이 남았는데 어디서 봄빛을 찾으랴

초당 남쪽 매화 가지에 나날이 봄빛 비치네

봄기운이 복숭아나무와 오얏나무에 이르기도 전에

가는 철사 같은 가지에 추운 향기 머뭇거리네

●

梅花圖매화도

殘雪下處見春光잔설하처멱춘광   漸見南枝放草堂점견남지방초당

未許春風到桃李미허춘풍도도리   先敎鐵幹試寒香[1]선교철간시한향

[참조] 운수평惲壽平, 1633-1690

중국 청나라 초기 문인이자 화가이다. 이름은 운격惲格, 호는 수평壽平이다. 그

---

1 鐵幹(철간): 매화 가지를 철사처럼 강한 것으로 비유

는 명조의 붕괴로 파란만장한 어린 시절을 보냈다. 그는 이민족인 만주족 밑에서 벼슬하기를 거부하고 시詩, 서書, 화畵의 예술 연마에 힘썼다. 문인화를 대표하는 인물로 존경받았다.

64

파초

전후(錢珝)

연기 없는 차가운 촛대, 초록 밀랍 줄기 하나
향기 아직 감추고 있음은 봄추위 두려워서인가
꼭꼭 봉한 편지 속엔 무슨 사연 담겼을까?
봄바람이 찾아와 아무도 몰래 펼쳐 보겠지

●

未展芭蕉미전파초

冷燭無烟綠蠟幹[1]냉촉무연녹랍간　　芳心猶卷怯春寒방심유권겁춘한
一緘書札藏何事[2]일함서찰장하사　　會被東風暗坼間[3]회피동풍암탁간

---

1 綠蠟幹(녹랍간): 파초의 줄기를 녹색 밀랍으로 비유했다
2 一緘書札(일함서찰): 파초를 봉함한 편지로 비유
3 坼(탁): 터지다, 갈라지다

[참조] 전후錢珝, 생몰연대 미상

중국 당나라 시인.

늦봄 정원을 거닐며

왕기(王淇)

매화 시들고 나니

해당화가 새로 붉게 물들었네

들장미 피고 나면 꽃 다 피는가 했더니

찔레 넝쿨 가닥가닥 담장을 넘어오네

●

暮春游小園모춘유소원

一從梅粉退殘妝[1]일종매분퇴잔장　塗抹新紅上海棠[2]도말신홍상해당

開到茶蘼花事了[3]개도도미화사료　絲絲天棘出苺墻[4,5]사사천자출매장

---

1 殘妝(잔장): 지워져 가는 화장. 꽃이 시들어 가는 것을 비유한 것

2 塗抹(도말): 이리 저리 발라맞추거나 꾸며 댐

3 茶蘼(도미): 들장미, 씀바귀(국화과의 여러해살이 풀)

4 天棘(천극): 찔레

5 苺墻(매장): 이끼가 낀 담장

[참조] 왕기王淇, 1019-1085

중국 북송시대의 시인.

66

꽃에게 묻는 말

엄운(嚴惲)

봄볕 느릿느릿 어디로 돌아가는가?

다시 꽃 앞에 술잔 들고서

해지도록 물어도 꽃은 말이 없네

누굴 위해 시들고 누굴 위해 피어나는고?

●

惜花석화

春光冉冉歸何處¹ 춘광염염귀하처　更向花前把一杯² 갱향화전파일배

盡日問花花不語 진일문화화불어　爲誰零落爲誰開³ 위수영락위수개

1　冉冉(염염): 느릿느릿 다가오다. '冉(염)'은 '나아가다, 부드럽다'는 뜻

2　把(파): 술잔의 손잡이, 손으로 술잔을 잡다

3　零落(영락): 시들어 떨어지다, 신세가 어렵게 되다

[참조] 엄운嚴惲, 생몰연대 미상

중국 당나라 시인.

산 위에 떠가는 배

원매(袁枚)

강물은 흥안에 이르러 가장 맑으니

청산은 뾰족뾰족 물속에 솟았네

분명히 푸른 산꼭대기를 보았는데

푸른 산꼭대기 위로 배 한 척 지나가네

●

由桂林捌漓江至興安유계림삭리강지흥안

江到興安水最淸강도흥안수최청　　靑山簇簇水中生[1]청산족족수중생

分明看見靑山頂분명간견청산정　　船在靑山頂上行선재청산정상행

[참조] 원매袁枚, 1716-1797

중국 청나라 시인.

---

1 簇簇(족족): 빽빽하게 모인 모양. '簇(족)'은 '가는 대, 조릿대, 무리, 모이다, 떨기로 나다'

어린 목동

원매(袁枚)

목동이 황소를 타고 가는데

노랫소리 숲 그늘에 울려 퍼지네

매미를 잡으려는지

갑자기 입 다물고 섰네

●

所見소견

牧童騎黃牛목동기황우   歌聲振林樾[1]가성진림월

意欲捕鳴蟬의욕포명선   忽然閉口立홀연폐구립

---

1 林樾(임월): 숲 그늘. '樾(월)'은 '나무 그늘'

여인의 마음

주경여(朱慶餘)

신혼방에 지난밤 붉은 촛불 밝혀 놓고

새벽 오기 기다렸다가 시부모님께 문안드리는데

화장 마친 신부가 낮은 소리로 남편에게 묻는 말

눈썹 그린 것 어때요 잘 어울리나요?

●

閨意獻張水部규의헌장수부

洞房昨夜停紅燭[1]동방작야정홍촉   待曉堂前拜舅姑[2]대효당전배구고

妝罷低聲問夫婿[3,4]장파저성문부서   畫眉深淺入時無[5,6]화미심천입시무

---

1 洞房(동방): 신혼부부가 거처하는 방
2 舅姑(구고): 시아버지와 시어머니
3 妝罷(장파): 화장을 마치다
4 父婿(부서): 남편
5 深淺(심천): 화장의 진하고 옅음
6 入時(입시): 그 시대의 유행에 맞음

[참조] 주경여朱慶餘, 797-미상

중국 당나라 시인.

* 閨意獻張水部규의헌장수부: 신혼 다음 날 새벽 시부모를 뵙는 규수와 같은 마음으로 이 詩시를 장수부張水部, 즉 수부원외랑水夫員外郞 벼슬을 하고 있는 장적張籍에게 바친다는 뜻. 과거 시험에 참가할 한 선비가 명망 높은 스승에게 청탁을 바란 편지이다. 주경여는 자작시 100수를 가지고 장안으로 과거시험을 치르러 갔다. 먼저 20수를 뽑아 이름난 문호 장적張籍에게 선을 보여 도와 달라고 쓴 편지가 바로 이 시라고 한다. 작자는 자신을 신부로, 시험관을 시부모로, 스승 장적을 신랑으로, 자신의 학업을 화장으로 비유하였다.

70

산사의 저녁 종소리

진부(陳孚)

산 깊어 절 보이지 않는데

등나무 그늘이 대나무 가리었네

문득 멀리서 종소리 들려오네

흰 구름은 산골을 가득 메우고

늙은 스님 물 길어 돌아오는데

솔잎 이슬 옷자락에 떨어져 파랗네

종소리 잦아들자 절문 닫히고

산새들은 서로 잠자리 다투네

●

烟寺晚鐘연사만종

山深不見寺[1]산심불견사　　藤陰鎖脩竹[2,3]등음소수죽

忽聞疎鍾聲홀문소종성　　白雲滿空谷백운만공곡

老僧汲水歸노승급수귀　　松露墮衣綠송로타의록

鍾殘寺門掩종잔사문엄　　山鳥自爭宿산조자쟁숙

[참조] 진부陳孚, 1259-1309

중국 원나라 시인.

---

1 見(견): '볼 견'이나 여기서는 '보일 견'으로 쓰였다
2 銷(소): 녹일 소로 쓰이나 여기서는 사라지게 하다의 뜻
3 脩竹(수죽): 긴 대나무. '脩(수)'는 '수(修)'와 같이 쓰인다

71

술에서 깨어나

황경인(黃景仁)

꿈속에 어렴풋이 치자꽃 향기 맡았는데

깨어 보니 베갯머리에 한기(寒氣)가 서리네

밤에 사립문 닫는 것 잊은 채 잠들었는데

산봉우리 사이 지는 달빛 살며시 침상에 오르네

●

醉醒취성

夢裏微聞薝蔔香[1,2] 몽리미문담복향   覺時一枕綠雲凉[3] 각시일침녹운량

夜來忘却掩扉臥[4] 야래망각엄비와   落月二峰陰上床[5,6] 낙월이봉음상상

---

1 微聞(미문): 옅은 냄새를 맡다. '聞(문)'은 '듣다, 알다, (냄새) 맡다'는 뜻

2 薝蔔(담복): 치자꽃

3 綠雲(녹운): 여자의 검은 머리

4 掩扉(엄비): 사립문을 닫다

5 落月二峰(낙월이봉): 두 산봉우리 사이로 달이 지다

6 陰(음): 그늘, 응달. '가만히, 몰래'의 뜻이다

[참조] 황경인黃景仁, 1749-1783

중국 청나라 시인.

72

겨울밤

황경인(黃景仁)

빈집에 밤이 깊어지니 더욱 썰렁하여
마당에 내린 서리나 쓸어 보려 하는데
서리는 쓸리나 달빛은 쓸리지 않아
서리와 달빛 어울리게 그냥 두었네

●

冬夜동야

空堂夜深冷공당야심냉　　欲掃庭中霜욕소정중상

掃霜難掃月소상난소월　　留取伴明光[1]유취반명광

---

1 伴(반): 짝, 따르다

4부

나그네
잠 못 드는 밤

산에 봄비 내리고

대희(戴熙)

빈산에 흠뻑 봄비 내리고

붉은 복숭아꽃 사이에 살구꽃 피었네

꽃 만발해도 보는 사람 하나 없어

홀로 계곡물에 제 그림자 비춰 보네

●

空山春雨圖공산춘우도

空山足春雨공산족춘우   緋桃間丹杏[1,2]비도간단행

花發不逢人화발불봉인   自照溪中影자조계중영

---

1 緋桃(비도): 붉은 복숭아꽃. '緋(비)'는 비단, 붉은빛

2 丹杏(단행): 붉은 살구꽃

[참조] 대희戴熙, 1801-1860

중국 청나라 군인이자 학자이며 시인이다.

74

복사꽃 물 위에 흐르고

장욱(張旭)

들녘 안개 사이로 하늘 다리 은은하게 걸렸네

시냇가 서쪽 바위에 올라 뱃사공에게 묻기를

복사꽃 온종일 물 위에 흘러가는데

계곡 어디쯤에 복사꽃 마을이 있나요?

●

桃花溪[1] 도화계

隱隱飛橋隔野煙[2] 은은비교격야연　　石磯西畔問漁船[3] 석기서반문어선

桃花盡日隨流去 도화진일수류거　　洞在淸谿何處邊 동계청계하처변

---

1 桃花溪(도화계): 지금의 호남성 도원현 서남쪽에 흐르는 시내. 陶淵明(도연명)이 지은 「桃花源記(도화원기)」도 이곳을 배경으로 하였다 함

2 飛橋(비교): 허공에 걸린 다리

3 石磯(석기): 물가에 돌출한 바위. '磯(기)'는 '물가, 여울, 자갈밭'

[참조] 장욱張旭, 675-750

중국 당나라 시인.

복사꽃 그림에 부처

석도(石濤)

무릉계곡 초입머리 노을처럼 찬연한데

쪽배 저어 찾아드니 흥겨움이 그지없네

집으로 돌아가는 길 아쉬움이 남아서

봄비에 붓을 적셔 복사꽃을 그리네

●

題桃花冊제도화책

武陵溪口燦如霞¹무릉계구찬여하　一棹尋之興更賒²일도심지흥갱사

歸向吾廬情未已³귀향오려정미이　筆含春雨寫桃花필함춘우사도화

---

1 武陵溪口(무릉계구): 동진(東晉) 때 시인 도연명(陶淵明)이 그려 낸 선경(仙境) 도화원으로 들어가는 어귀

2 賒(사): 멀다, 아득하다, 느리다

3 情未已(정미이): 마음이 다하지 않다, 미련이 남아 있다

[참조] 석도石濤, 1641−1720

중국 청나라 초기의 화승畵僧. 청나라 초기 가장 유명한 개성주의 화가의 한 사람이다.

76

봄밤에 친구와 이별하며

진자앙(陳子昻)

은촛대의 촛불은 푸르스름한 연기 토해 내고

금술통 넘치는 술로 잔치 벌였네

친구와 헤어지는 아쉬움 가야금 가락에 싣고

떠나는 길에는 산천이 에워싸네

밝은 달 높은 나뭇가지에 숨고

은하수는 새벽하늘로 사라지네

낙양 머나먼 길 이제 떠나시면

다시 만날 날 그 언제일는지

●

春夜別友人춘야별우인

銀燭吐靑煙은촉토청연　　金樽對綺筵[1]금준대기연

離堂思琴瑟[2,3]이당사금슬　　別路繞山川별로요산천

明月隱高樹명월은고수　　長河沒曉天[4]장하몰효천

悠悠洛陽道유유낙양도　　此會在何年차회재하년

[참조] 진자앙陳子昻, 661-702

중국 당나라 시인. 초당初唐에서 성당盛唐으로 넘어가는 시기에 시풍 전환에 큰

영향을 끼쳤다.

---

1 綺筵(기연): 풍성한 잔치
2 離堂(이당): 송별연을 베푸는 자리
3 思(사): 발음이 '사(絲)'와 통함. 슬픈 감정이 얽힌다는 뜻
4 長河(장하): 은하수

고독

진자앙(陳子昂)

앞에 왔던 옛 사람 만날 수 없고

뒤에 올 사람 만날 수 없네

천지간 그 아득함 생각하다가

홀로 슬퍼서 눈물 흘리네

●

登幽州臺歌[1]등유주대가

前不見古人전불견고인   後不見來者후불견래자

念天地之悠悠[2]염천지지유유   獨愴然而涕下[3]독창연이체하

---

1 幽州臺(유주대): 지금의 북경시 덕승문(德勝門) 서북쪽에 누대 자리가 남아 있다

2 悠悠(유유): 움직임이 한가하고 여유가 있고 느리다. 아득하게 멀거나 오래되다

3 愴然(창연): 몹시 서운하고 섭섭하다

논

위장(韋莊)

마을 앞 연못에 푸른 봄 물결 찰랑거리고

지평선 끝 구름 이어지는 데까지 벼가 자라네

그곳에 백로가 훨훨 천 개의 눈송이 되어

안개를 가로질러 그림 병풍 속으로 날아드네

●

稻田¹도전

綠波春浪滿前陂²녹파춘랑만전피　極目連雲穊稏肥³,⁴극목연운파아비

更被鷺鶿千點雪⁵경피노자천점설　破烟來入畵屏飛파연내입화병비

---

1 稻田(도전): 무논
2 陂(피): 방죽, 비탈(파)
3 極目(극목): 시선이 끝나는 곳
4 穊稏(파아) : 벼 이름
5 鷺鶿(노자): 해오라기, 백로

165

중국 당나라 시인. 당나라 말기 사회의 혼란과 황폐한 상태를 묘사하고 유랑
생활을 노래한 작품을 썼다. 황소黃巢의 난880년으로 고초를 겪는 백성들의 애
환을 여인의 입장에서 쓴「진부음秦婦吟」이 유명하다.

79

그림 속 풍경

귀장(歸莊)

동굴에 숨은 사람 모두 명나라의 유민 은사(隱士)들

거문고 안고 단장 짚고 자주 오고 가네

산중 긴 하루 하는 일 따로 없고

바둑 한 판 소일거리에 봄날은 가네

집을 에워싼 푸른 산에 대나무 자라고

바둑 두며 차 마신 후 다시 술병을 여네

이러한 아름다운 경치 속세가 아닐지니

어찌 아무나 그림 속에 들어오게 하랴

●

題畵제화

巖穴幽棲盡隱淪¹암혈유서진은륜　　　抱琴扶杖往來頻포금부장왕래빈

山家長日無餘事산가장일무여사　　　一局閑消洞裏春일국한소동리춘

屋繞靑山竹遍栽²옥요청산죽편재　　　棋枰茗碗酒瓶開³기평명완주병개

此中勝景非天地차중승경비천지　　　那得閑人入畵來나득한인입화래

[참조] 귀장歸莊, 1613-1673

중국 명나라 말기에서 청나라 초기의 화가로, 술을 좋아하고 기행을 일삼으며
방약무인傍若無人한 성격을 지녔으나 시문과 서화에 뛰어났다. 만년에는 중이
되어 스스로를 '보명두타普明頭陀'라 칭하며 〈나한도羅漢圖〉를 만들었다고 한다.
동양화의 경우 화폭의 여백에 그림과 관련된 내용의 절구나 율시를 첨가하는데
그러한 시를 '제화시題畵詩'라 하며 '화제시畵題詩'라고도 한다. 또는 이를 구분하
여 그림을 보고 그것에 연상하여 지은 시를 '제화시題畵詩', 그림의 동기가 되었
던 시를 '화제시畵題詩'라고 하기도 한다.

80

남쪽 동산

이하(李賀)

키 작은 나무 사이로 새벽길 열리고

길가의 풀숲 이슬에 촉촉이 젖었네

날리는 버들솜 포구에 덮여 눈인가 놀라고

때마침 내린 비에 산비탈 밭고랑에 물이 불었네

고찰의 종소리 아련히 들려오고

멀리 안개에 가려 이지러진 달 걸렸네

물가에서 부싯돌로 불을 붙이니

대나무 타는 불에 고깃배 비치네

●

南園남원

小樹開朝徑소수개조경　長茸濕夜煙장용습야연

柳花驚雪浦유화경설포　麥雨漲溪田[1]맥우창계전

古刹疏鍾度고찰소종도　遙嵐破月懸[2]요남파월현

沙頭敲石火³사두고석화　燒竹照漁船⁴소죽조어선

[참조] 이하李賀, 791-817

중국 당나라 시인. 말을 타고 가면서 시구詩句를 한 줄씩 종이에 적어 수놓은 자루에 넣었다가 밤에 모아 시를 지었다고 한다. 7세의 나이에 시를 짓기 시작한 그는 과거시험에 쉽게 합격할 것으로 기대했으나 사소한 문제로 응시 자격을 박탈당해 이로 인해 실의에 빠져 병을 얻게 되었으며 26세의 나이로 요절하였다.

---

1 麥雨(맥우): 보리가 익기 시작할 무렵에 내리는 비
2 嵐(남): 이내(안개), 嵐氣(남기): 산골짜기에서 생기는 아지랑이 같은 기운
3 敲石火(고석화): 부싯돌로 불을 붙이는 것
4 燒竹(소죽): 대나무를 태워서 불을 밝힘

81

구름

곽진(郭震)

허공에 모였다간 흩어지고 갔다간 다시 오는데

한가롭게 대나무 지팡이 짚고 바라보니

스스로 뿌리 없는 신세인 줄 모르고

달 가리고 별 막으며 별짓을 다하는구나

●

雲운

聚散虛空去復還[1]취산허공거부환　野人閑處倚筇看[2,3]야인한처의공간

不知身是無根物부지신시무근물　蔽月遮星作萬端폐월차성작만단

---

1 聚散(취산): 모이고 흩어짐
2 野人(야인): 벼슬 하지 않고 은거하는 선비. 여기서는 '작자'를 가리킨다
3 倚筇(의공): 대나무지팡이에 의지하다

[참조] 곽진郭震, 656-713

중국 당나라 시인. 원래 무장武將이었으나 문에도 능했으며 시 23수가 전해지
는데 의미 깊은 영물시詠物詩를 썼다.

산중에서

왕수인(王守仁)

시냇가에 앉아서 흐르는 물 바라보니

흘러가는 물 따라 내 마음도 한가롭네

산중에 달 떠오르는 줄 몰랐는데

소나무 그림자 옷자락에 얼룩졌네

●

山中示諸生산중시제생

溪邊坐流水계변좌유수   水流心共閑수류심공한

不知山月上부지산월상   松影落衣斑송영낙의반

[참조] 왕수인王守仁, 1472-1528

중국 명대 중기의 사상가이며 정치가. 그를 보통 '왕양명王陽明'이라 한다. 명나라 교학체계의 중추中樞를 차지한 주자학朱子學의 권위에 의문을 제기하기 시작할 때, 왕수인은 독자적으로 양지심학良知心學을 수립하고 주자학을 강력하게 비판했다. 양명학陽明學은 주자학과 달리 세상의 이치를 직접 궁구하기보다 먼저 자신의 마음을 성찰省察하고 바로잡음으로써 그곳에서 이치를 밝혀내는 방식으로, 왕수인은 이를 마음이 곧 이치다心卽理 하여 세상에는 마음만이 있으며 마음이 없이는 아무런 이치도 없다고 주장했다. 마음을 모든 것의 중심에 두었으므로 양명학을 '심학心學'이라고도 한다.

83

백로

노동(盧仝)

옥으로 빚은 듯 백로 한 마리

물고기 잡으려고 마음 졸이며

물가 모래밭에 발 곧추세워 기다리거늘

사람들은 영문도 모르고 한가롭다 하네

●

白鷺鷥백로사

刻成片玉白鷺鷥[1] 각성편옥백로사   欲捉纖鱗心自急[2] 욕착섬린심자급

翹足沙頭不得時[3,4] 교족사두부득시   傍人不知謂閑立 방인부지위한립

---

1 白鷺鷥(백로사): 백로, 해오라기
2 纖鱗(섬린): 물고기의 섬세한 비늘
3 翹足(교족): 발을 곧추 세우다. '翹(교)'는 '뛰어나다, 우뚝하다, 발돋움하다'
4 沙頭(사두): 물가 백사장

중국 당나라 중기 시인. 고고하고 청절한 성격으로 처음에는 숭산嵩山에 숨어 살다가 나중에 낙양洛陽에 정주하였다. 극도로 궁핍한 생활을 하면서도 청렴한 인품을 지닌 그를 조정에서 기용하려 하였으나 끝내 사양하였다. 특히 붕당朋黨의 횡포를 풍자한 1677자의 장시「월식시月蝕詩」가 유명하다.

시골에서 술에 취하여

노동(盧仝)

술에 취해 어두운 길 돌아오는데

몇 번이고 비틀거리다 넘어져 버렸네

푸른 이끼 짓밟아 버렸으니

그대들 놀라게 했다고 성내지 말아다오

●

村醉촌취

村醉黃昏歸촌취황혼귀　　健倒三四五건도삼사오

摩挲靑苺苔[1,2]마사청매태　　莫嗔驚著汝[3]막진경저여

---

1 摩挲(마사): 짓밟다
2 苺苔(매태): 이끼
3 嗔(진): 성내다, 책망하다, 원망하다

85

비 갠 산촌

왕건(王建)

빗속에 한두 집에서 닭 우는 소리 들리고
대나무 계곡 시골길에 판자다리 비스듬히 놓여 있네
시어머니와 며느리 서로 부르며 누에 치러 나가고
한가로운 마당 가운데는 치자꽃 피어 있네

●

雨過山村우과산촌

雨裏鷄鳴一兩家우리계명일양가　竹溪村路板橋斜죽계촌로판교사
婦姑相喚浴蠶去[1,2]부고상환욕잠거　閑着中庭梔子花[3]한착중정치자화

1　婦姑(부고): 며느리와 시어머니. 우리나라에서는 '고부'라 부른다
2　浴蠶(욕잠): 누에고치 종자를 소금물에 담가 그중에서 좋은 것만을 골라내는 작업
3　梔子(치자): 봄에서 여름으로 지나는 철에 꽃이 피는 상록 관목. 열매는 물감 재료로 쓰이며 황금빛이
　우러난다

[참조] 왕건王建, 767?-831?

중국 당나라 시인. 일생을 한직閑職에 머물다 만년에 벼슬을 떠나 함양咸陽에 은거했다. 악부시樂府詩에 능했으며 하층민중의 생활상을 시로 노래했다.

86

낡은 벼루

구양수(歐陽脩)

흙벽돌이나 기와가 하찮은 물건이기는 하지만

붓과 먹 함께 문구로도 쓰였다네

물건에는 마땅히 그 쓰임새가 있나니

밉고 곱고를 따지지 않는다네

금이 보물이 아닌 것은 아니고

옥이 어찌 단단하지 않으련만

먹을 가는 데 있어서는

기와 조각만 못하다네

그러니 물건이 비록 천한 것이라 해도

꼭 필요한 것일 때는 그 값 견주기 어렵다네

어찌 기와 조각의 경우뿐이랴

사람 쓰는 일도 예로부터 어려웠다네

●

古瓦硯고와연

磚瓦賤微物[1]전와천미물　得厠筆墨間[2]득측필묵간

于物用有宜우물용유의　不計醜與妍불계추여연

金非不爲寶금비불위보　玉豈不爲堅옥기불위견

用之以發墨용지이발묵　不及瓦礫頑[3]불급와력완

乃知物雖賤내지물수천　當用價難攀[4]당용가난반

豈惟瓦礫爾기유와력이　用人從古難용인종고난

[참조] 구양수歐陽脩, 1007-1072

중국 송나라의 정치가, 문인, 역사학자 당송팔대가唐宋八大家의 한 사람. 1058
년 과거시험을 관장하는 지예부공거知禮部貢擧로 임명되어 자신의 소신인 시문
혁신론을 바탕으로 과거의 유형을 개편했다. 이때 과거에 지원한 증공曾鞏, 소
식蘇軾, 소철蘇轍을 천거하여 등용시켰으며 소식蘇軾의 부친 소순蘇洵을 천거하
여 등용한 일화는 유명하다. 이들은 모두 구양수의 제자로 당송팔대가에 속하
는 인물로 평가되었다.

1　磚瓦(전와): 흙벽돌과 기와
2　厠(측): 섞이다, 곁, 뒷간
3　瓦礫(와력): 기와 조각
4　攀(반): 서로 비교하다, 매달리다, 무엇을 붙잡고 오르다

가을꽃

사신행(査慎行)

비 갠 뒤 국화꽃 눈을 밝게 하니
한가롭게 지팡이 짚고 섬돌을 돌아 나서네
화공이 어찌 천연의 멋을 알리오
분 바르고 색칠하며 사물의 형상 모두 그리려드네

●

秋花[1]추화

雨後秋花到眼明우후추화도안명　　閒中扶杖繞階行한중부장요계행
畫工那識天然趣화공나식천연취　　傳粉調朱事寫生[2,3]전분조주사사생

---

1 秋花(추화): 가을꽃. 여기서는 '국화'를 가리키는 듯함
2 傳粉調朱(전분조주): 흰색 분을 바르고 붉은색을 칠하다
3 寫生(사생): 형상을 그대로 그림

[참조] 사신행査愼行, 1650-1727

중국 청나라 시인. 그의 시는 송나라 소식蘇軾의 작품을 본보기로 하여 수식에

기울지 않고 그 당시 유행하던 시풍을 일소하여 청나라 초기 시단에 일대 혁신

을 가져왔다고 한다.

88

편지

진자롱(陳子龍)

손가락 꼽아 편지 보낸 날 헤아리니

지금쯤 임께서는 이미 받아 보셨겠네

그러나 어찌 아시랴 내 백 가지 근심

모두 편지 보낸 후에야 떠오르는 것을

●

途中도중

屈指准上書[1,2]굴지회상서　　故人應已覯[3]고인응이구

那知百種愁[4]나지백종수　　都在緘書後도재함서후

---

1 屈指(굴지): 손가락을 꼽아 가며 셈하다

2 准上書(회상서): 편지 보낸 날짜를 계산하다. '准(회)'는 물이 빙 돌아 흐른다는 뜻

3 覯(구): 만나다, 이루다, 구성하다

4 那(나): 어찌, 어느, 어떤

[참조] 진자룡陳子龍, 1608-1647

중국 명나라 시인. 태호太湖에서 의병을 일으켜 청에 저항하다가 투신자살한
순국 시인이다.

나그네 잠 못 드는 밤

조단우(晁團友)

해 질 녘 추운 숲에 새들이 깃들 무렵

여관방 벽에는 희미한 등불 깜빡이고

비 부슬부슬 내리는 밤 잠 못 드는 나그네

여윈 말 꼴 씹는 소리 누워서 듣고 있네

●

宿濟州西門外旅館[1]숙제주서문외여관

寒林殘日欲棲鳥한림잔일욕서조　　壁裡靑灯乍有無[2]벽리청등사유무

小雨愔愔人假寐[3,4]소우음음인가매　　臥聽嬴馬嚙殘芻[5,6]와청이마교잔추

---

1 濟州(제주): 지금의 산동성(山東省) 거야현(巨野縣) 내 지명
2 乍有無(사유무): 있는 듯 없는 듯함. '사(乍)'는 '잠깐'
3 愔愔(음음): 조용히. '음(愔)'은 '고요하다'
4 假寐(가매): 잠자리에 누워 있으되 잠이 들지 않은 상태
5 嬴馬(이마): 여윈 말. '리(嬴)'는 '파리하다'
6 嚙殘芻 (교잔추): 먹다 남은 꼴을 씹다. '교(嚙)'는 '깨물다', '芻(추)'는 '꼴'

[참조] 조단우晁團友

중국 송나라 시인.

고향 편지

원개(袁凱)

흐르는 물길로는 삼천 리나 되는데
집에서 온 편지는 겨우 열다섯 줄
줄마다 별다른 말은 없고
어서 고향으로 돌아오라는 말뿐

●

京師得家書[1] 경사득가서

江水三千里강수삼천리 　家書十五行[2] 가서십오행
行行無別語행행무별어 　只道早還鄉[3] 지도조환향

---

1 京師(경사): 서울. 여기서는 금릉(金陵), 즉 지금의 남경(南京)을 가리킴
2 家書(가서): 집에서 온 편지
3 道(도): 가다, 가르치다, 말하다. 도리(道理)

[참조] 원개袁凱, 생몰연대 미상

중국 명나라 시인.

91

강변 정자에서

가도(賈島)

넓고 아득한 강물은 구름 끝까지 닿아 있고

물안개는 멀리 마을을 덮고 있네

물새들 떠난 강변에 남아 있는 새 발자국

돛단배 지나간 물결 위에는 흔적이 없네

강물을 바라보니 물의 부드러운 성질을 알겠고

산을 바라보니 내 고달픈 마음을 달래 주네

자연에 취한 마음 아직 다 하지 않았는데

말고삐를 돌리니 날은 이미 저물어 가고 있네

●

江亭晚望강정만망

浩渺沈雲根¹호묘침운근   煙嵐沒遠村²연남몰원촌

---

1 浩渺(호묘): 넓고 아득하다
2 煙嵐(연남): 연기와 산속 아지랑이 같은 기운

鳥歸沙有跡조귀사유적　　帆過浪無痕범과랑무흔

望水知柔性망수지유성　　看山慰倦魂간산위권혼

縱情猶未已종정유미이　　廻馬欲黃昏회마욕황혼

[참조] 가도賈島, 779-843

중국 당나라 시인.

* 퇴고推敲란 시문詩文을 지을 때 자구字句를 여러 번 생각하여 고치는 일을 말한다. 이에 대한 일화가 있는데, 당나라 시인 가도賈島가 과거를 보러 장안으로 가는 길이었다. 나귀를 타고 가던 중 문득 시상이 떠올라 "鳥宿池邊樹 僧敲月下門"새는 연못가 나무에 깃들고 스님은 달 아래 문을 두드리네의 시를 지었다. 짓고 보니 시구 중 敲고자를 고쳐 推퇴자로 바꾸어야 할지 고민이 되어 나귀 위에서 두드리는 동작과 미는 동작을 반복해서 해 보고 있었다. 이때 당대의 문장가인 한유韓愈가 임시로 조정의 경조윤京兆尹 관직을 맡아서 길을 가고 있었는데, 가도賈島의 행동을 수상히 여긴 병졸들이 가도를 붙들어 한유 앞에 끌고 갔다. 가도로부터 길에서 비키지 못한 사정을 들은 한유는 잠시 생각하더니 '敲고'자를 쓰는 것이 좋겠다고 하였다. 그리고 가도와 나란히 말을 타고 가며 시에 대해서 이야기를 나누었고 이후 두 사람은 신분을 뛰어넘어 막역한 벗이 되었다고 한다.

92

봄날

진여의(陳與義)

이른 아침 뜰 안 나뭇가지에 새들 지저귀고

울긋불긋 숲속에 봄빛이 번지네

불현듯 떠오른 좋은 시 구절

구법(句法) 따지다 보니 간 곳이 없네

●

春日춘일

朝來庭樹有鳴禽조래정수유명금　　紅綠扶春上遠林홍록부춘상원림

忽有好詩生眼底[1]홀유호시생안저　　安排句法已難得[2]안배구법이난득

---

1 眼底(안저) : 눈길 가까운 곳, 지금
2 句法(구법): 문장을 구성하는 방식

[참조] 진여의陳與義, 1090-1138

중국 송나라 시인.

대나무 그림자

진여의(陳與義)

높은 가지는 이미 바람과 친구 삼기로 약속하고

빽빽한 잎새는 눈 내리면 눈꽃을 만들게 하네

지난밤 달님이 새로이 산뜻한 얼굴로

성긴 대나무 그림자 데리고 비단 창가 지나가셨네

●

竹죽

高枝已約風爲友고지이약풍위우　　密葉能留雪作花밀엽능류설작화

昨夜常娥更瀟麗[1,2]작야상아갱소쇄　　又携疎影過窓紗[3,4]우휴소영과창사

---

1 常娥(상아): 달의 여신, 항아(姮娥)
2 瀟麗(소쇄): 기운이 맑고 깨끗함
3 疎影(소영): 성긴 그림자. 여기서는 대나무 그림자를 말함
4 窓紗(창사): 비단을 바른 창

구름

뇌곡(耒鵠)

천 가지 만 가지 형상을 짓다가 이내 사라져 버리고

물에 비치고 산을 감싸고 조각이었다가 다시 모이고

오랜 가뭄에 곡식 다 말라 죽는데

유유히 한가로운 곳에 기이한 봉우리 만들고 있네

●

雲운

千形萬象竟還空천형만상경환공   映水藏山片復重영수장산편복중

無限旱苗枯欲盡무한한묘고욕진   悠悠閑處作奇峰유유한처작기봉

[참조] 뇌곡耒鵠, 생몰연도 미상

중국 당나라 시인.

달밤

문동(文同)

높은 소나무 가지 사이로 성긴 달빛 쏟아지고

지상에 내려온 그림자 땅 위의 그림 같네

그 정취에 빠져 소나무 아래 배회하며

밤늦도록 잠들지 못하네

갑작스런 바람에 연잎은 돌돌 말리고

세찬 비에 과일 뚝뚝 떨어지네

누가 나와 더불어 괴로운 마음 읊조리려나

숲속 가득 베짱이 울음뿐이네

●

新晴山月신청산월(融畵入詩)

高松漏疏月[1]고송누소월　　落影如畵地낙영여화지

徘徊愛其下배회애기하　　夜久不能寐야구불능매

怯風池荷卷겁풍지하권　　疾雨山果墜[2]질우산과추

誰伴余苦吟수반여고음   滿林啼絡緯[3] 만림제낙위

[참조] 문동文同, 1018-1079

중국 북송 시인.

---

1 疏月(소월): 소나무 밑에 드리운 성긴 달빛. '疏(소)'는 '성기다, 드물다'

2 疾雨(질우): 몰아치는 빗줄기

3 絡緯(낙위): 베짱이, 풀벌레의 일종

96

맑게 갠 날

유반(劉攽)

이끼 온 땅에 파랗고 하늘 맑게 갠 날

사람 없는 푸른 나무 아래 낮잠 자다 꿈도 꾸네

그런데 남풍이 오랜 친구인 양

몰래 문 열고 들어와 책장을 넘기네

●

新晴신청

青苔滿地初晴後청태만지초청후　綠樹無人晝夢餘녹수무인주몽여

惟在南風舊相識유재남풍구상식　偸開門戶又飜書[1,2]투개문호우번서

---

1 偸開(투개): 몰래 열다
2 飜書(번서): 책장을 넘기다. '飜(번)'은 '날다, 나부끼다, 뒤집히다, 번역하다'

[참조] 유반劉攽, 1023-1089

중국 북송 시인.

5부

봄을
기다리며

단풍

장초(蔣超)

누가 붉고 푸른색으로 나무 그늘을 칠해 놓았나
서늘한 향기, 붉은 옥구슬, 그윽한 구름
조물주가 술에 취해 붓 휘어잡고
가을을 봄으로 알고는 나무마다 꽃을 그려 놓았네

●

山行咏紅葉산행영홍엽

雖把丹靑抹樹陰수파단청말수음　　冷香紅玉碧雲深냉향홍옥벽운심
天公醉後橫拖筆[1,2]천공취후횡타필　　顚倒春秋花木心[3]전도춘추화목심

---

1 天公(천공): 조물주
2 拖筆(타필): 붓을 가져다가. '拖(타)'는 '끌어당기다, 잡아끌다'
3 顚倒(전도): 차례 따위가 뒤바뀌어 원래와 달리 거꾸로 됨

[참조] 장초蔣超, 1624-1673

중국 청나라 시인.

98

사막에서

잠참(岑參)

말 몰아 서쪽 하늘 닿는 곳으로 달려왔네

집 떠나온 후 둥근 달 두 번 보았네

오늘 밤은 또 어디에서 묵을지 알 수 없네

만 리 드넓은 사막에 마을 흔적 보이지 않네

●

磧中作[1] 적중작

走馬西來欲到天 주마서래욕도천 辭家見月兩回圓[2] 사가견월양회원

今夜不知何處宿 금야부지하처숙 平沙萬里絶人烟[3] 평사만리절인연

---

1 磧(적): 모래나 돌이 쌓인 곳

2 辭家(사가): 집을 떠남

3 人烟(인연): 인가에 피어오르는 연기

[참조] 잠참岑參, 715-770

중국 당나라 시인. 그는 일찍이 부친을 여의고 독학으로 744년 진사에 급제하여 우내솔부병조참군右內率府兵曹參軍에 임명되었으며, 749년에 안서사진절도사安西四鎭節度使인 고구려 유민 출신의 고선지高仙芝 장군의 막부幕府에서 서기로 일하게 된 것을 계기로 변방에서 두 번에 걸쳐 근무했다. 당시 변방의 정서를 노래한 변새시邊塞詩로 명성을 얻었다.

99

산방의 봄 경치

잠참(岑參)

양원에 해 저물고 까마귀 어지럽게 나는데

멀리 보이는 두세 집은 쓸쓸하기만 하다

정원의 나무는 옛사람 다 가고 없음을 모르는 듯

봄이 오니 지난해 피운 꽃을 다시 피우고 있네

●

山房春事산방춘사

梁園日暮亂飛鴉[1]양원일모난비아　極目蕭條三兩家[2,3]극목소조삼양가

庭樹不知人去盡정수부지인거진　春來還發舊時花춘래환발구시화

---

1 梁園(양원): 별장의 이름
2 極目(극목): 시선이 미치는 끝
3 蕭條(소조): 쓸쓸한 모습

밤 계곡

원중도(袁中道)

산이 밝아 오니 놀란 새 울음소리

차가운 바위에 서리가 맺힐 듯

흐르는 계곡물 달빛을 받아

계곡이 온통 눈으로 덮인 듯

●

夜泉야천

山白鳥忽鳴산백조홀명 　石冷霜欲結석냉상욕결

流泉得月光유천득월광 　化爲一溪雪화위일계설

[참조] 원중도袁中道, 1570-1623

중국 명나라 시인. 그는 10세에 부賦를 지을 정도로 조숙하였으며 형제인 원종
도, 원굉도와 함께 '공안파公安派'로 불린다. 공안파는 문학이란 그 시대와 밀접
한 관계가 있어 시대마다 문학의 특징이 있어야 한다고 주장했다. 문학의 생명

은 창조에 있다 하여 옛사람들의 것을 무조건 모방하는 것에 대해 비판했다.

소나무 그림

이방응(李方膺)

한 해 지나 또 한 해 수많은 세월

뿌리 굵어지고 가지 거칠어진 가운데 온갖 시련 다 이겨 냈네

무엇에 쓰려는지 하늘 뜻 알 수 없거니와

호랑이 발톱, 용 비늘 늙을수록 더욱 단단해지네

●

題墨松圖제묵송도

一年一年復一年일년일년부일년　　根盤節錯鎖寒煙[1,2]근반절착소한연

不知天意留何用부지천의유하용　　虎爪龍鱗老更堅[3]호조용린노갱견

---

1 根盤節錯(근반절착): 뿌리가 퍼지고 가지가 무성한 모양. '盤(반)'은 '똬리를 틀다, 사리다'는 뜻이며, '錯(착)'은 '(살결이)트다, 거칠어지다, 어긋나다'는 뜻임

2 寒煙 (한연): 차가운 연기나 안개

3 虎爪龍鱗(호조용린): 호랑이 발톱과 용의 비늘. 소나무의 뿌리와 소나무 껍질을 비유한 것이다

[참조] 이방응李方膺, 1698-1754

중국 청나라 시인이자 화가. 송죽松竹 난국蘭菊과 묵매墨梅 등의 그림에 뛰어났다.

매화 그림에 부처

이방응(李方膺)

종이 위에 붓 휘두르니 먹물 흔적 새로운데

매화 몇 점 그려 넣으니 마음 절로 흥겹네

하늬바람 빌어 향기 멀리멀리 날려서

집집마다 거리마다 봄 무르익게 하고 싶네

●

題畵梅제화매

揮毫落紙墨痕新휘호낙지묵흔신　　幾點梅花最可人[1]기점매화최가인

願借天風吹得遠원차천풍취득원　　家家門巷盡成春가가문항진성춘

---

1 最可人(최가인): 사람의 마음을 더 즐겁게 해 주다

눈

오징(吳澄)

세월의 수레바퀴 굴러 금년도 얼마 남지 않았네

봄바람이 얼음 잘게 썰어 천단(天壇) 위에 흩뿌리네

오나라와 초나라의 수천 강물 위에 보태고

진회(秦淮) 강변과 만 리나 뻗은 산을 짓누르네

바람에 흔들리는 대나무는 은빛 봉황이 춤추는 듯

눈을 인 소나무는 웅크린 용처럼 추워 보이네

누구일까 천상에서 피리 부는 이

그 소리 따라 온 세상에 꽃구슬 떨어지네

●

咏雪영설

臘轉鴻鈞歲已殘[1] 납전홍균세이잔   東風剪氷下天壇[2,3] 동풍전빙하천단

剩添吳楚千江水[4,5] 잉첨오초천강수   壓倒秦淮萬里山[6] 압도진회만리산

風竹婆娑銀鳳舞[7] 풍죽파사은봉무   雪松偃蹇玉龍寒[8] 설송언건옥룡한

不知天上誰橫笛부지천상수횡적　　吹落瓊花滿世間[9] 취락경화만세간

[참조] 오징吳澄, 1249-1333

중국 원나라 시인.

---

1 臘轉鴻鈞(납전홍균): 시간의 수레바퀴가 굴러 벌써 12월이 되었다는 뜻. '臘(납)'은 '음력 12월, 납월 (臘月)'을 뜻하며, '鴻鈞(홍균)'은 '큰 수레바퀴'를, 그리고 '균(鈞)'은 '도자기 만들 때 쓰는 물레의 바퀴'를 뜻한다

2 剪氷(전빙): 얼음을 얇게 썰다

3 天壇(천단): 중국 명·청대에 황제가 하늘에 제사 지내고 풍년을 기도했던 제단

4 剩添(잉첨): 남게 하거나 보탬

5 吳楚(오초): 오(吳)는 지금의 강소성(江蘇省) 남부와 절강성(浙江省)의 북부, 초(楚)는 지금의 안휘성 (安徽省)과 호북성(湖北省) 일대

6 秦淮(진회): 강 이름

7 婆娑(파사): 너울너울 춤추는 모양

8 偃蹇(언건): 구부린 모양. '偃(언)'은 '누울 언'을, '蹇(건)'은 '절뚝거릴 건'을 뜻한다

9 瓊花(경화): 구슬로 조각한 꽃. 이 시에서는 '눈'을 나타냄

가을 노래

유우석(劉禹錫)

예부터 사람들 가을 되면 못내 쓸쓸해하는데

나는 가을이 봄보다 좋네

맑은 하늘 학 한 마리 구름 밀치고

내 마음 시정(詩情)을 끌고 푸른 하늘 끝으로 날아가네

●

秋詞 추사

自古逢秋悲寂寥자고봉추비적요　　我言秋日勝春朝아언추일승춘조

晴空一鶴排雲上**¹**청공일학배운상　　便引詩情到碧霄**²**편인시정도벽소

---

1 排(배): 밀치다, 밀어젖히다, 밀어내다
2 碧霄(벽소): 푸른 하늘. '霄(소)'는 '하늘, 진눈깨비'

[참조] 유우석劉禹錫, 772-842

중국 당나라 시인. 지방관으로 있으면서 농민의 생활을 노래한「죽지사竹枝詞」

를 펴냈으며 만년에 백낙천白樂天과 교유하면서 시문에 정진하였다.

모란을 보며 술을 마시다

유우석(劉禹錫)

오늘 모란꽃 앞에서 술을 마셨네

흐뭇한 마음에 연거푸 마시고는 취해 버렸네

다만 꽃의 말을 듣고 쌓인 근심 한 가닥

나는 노인네 위해 피는 것 아니라 하네

●

飮酒看牡丹음주간모란

今日花前飮금일화전음　　甘心醉數杯감심취수배

但愁花有語단수화유어　　不爲老人開불위노인개

도원도

심주(沈周)

굶주림에 울부짖는 아이들 마을마다 잇닿았는데
세금 독촉하는 관리 찾아와 문을 두드리네
늙은 촌부 밤새 잠 못 이루고는
일어나 종이를 찾아 도원경을 그리네

●

桃源圖[1]도원도

啼飢兒女正連村제기아녀정연촌　　況有催租吏打門[2]황유최조이타문

一夜老夫眠不得일야노부면부득　　起來尋紙畵桃源기래심지화도원

---

1 桃源(도원): 속세와 동떨어진 이상세계
2 催租(최조): 세금 납부를 재촉하다

[참조] 심주沈周, 1427-1509

중국 명나라 시인, 문인화가로 남종화南宗畵 부흥의 선도자로 불린다.

가엾은 농민

이신(李紳)

(1)

봄에 한 톨 볍씨 심으면

가을에 만 톨을 거둔다

온 나라에 노는 땅 없건만

농부는 오히려 굶어 죽는다네

(2)

호미 들고 김매노라면 해는 어느덧 한낮

땀방울 흘러 이삭 밑 땅에 떨어지네

누가 알리오, 이 소반 위의 쌀밥

한 알 한 알 모두가 농부의 수고로움인 것을

●

憫農민농

其一

春種一粒粟[1]춘종일립속　秋收萬顆子[2]추수만과자

四海無閑田[3]사해무한전　農夫猶餓死농부유아사

其二

鋤禾日當午[4]서화일당오　汗滴禾下土한적화하토

誰知盤中餐수지반중찬　粒粒皆辛苦입립개신고

[참조] 이신李紳, 772-846

중국 당나라 시인.

---

1 粒粟(입속): 오곡의 씨알

2 顆子(과자): 작고 둥근 씨알, 곡식 종재(낟알)

3 四海(사해): 사방의 바다, 온 세상

4 鋤(서): 호미, 김매다, 없애다

현명한 사람

석한산(釋寒山)

현명한 사람은 탐욕을 부리지 않는데

어리석은 사람은 장생불로(長生不老) 좋아하네

전답 남의 것까지 차지하고

대숲 정원 모두 내 것으로 삼으려 하네

팔 걷어붙이고 재물 찾아 나서고

이 악물고 자기 몸 마구 부리네

성문 밖을 잠시 보게나

소나무 아래 여기저기 무덤뿐인 것을

●

賢士不貪婪현사불탐람

賢士不貪婪[1]현사불탐람　　癡人好爐冶[2]치인호노야

麥地占他家맥지점타가　　竹園皆我者죽원개아자

努膊覓錢財[3]노박멱전재　　切齒驅奴馬[4]절치구노마

須看郭門外 수간곽문외   壘壘松柏下[5] 누루송백하

[참조] 석한산釋寒山, 생몰연도 미상

중국 당나라 시인.

---

1 貪婪(탐람): 재물이나 음식을 탐내다
2 爐冶(노야): 화로에다 불을 피워 장생불사 약을 제련하다
3 努膊(노박): 팔을 걷어 올리다. '膊(박)'은 '팔뚝, 포(脯)'
4 奴馬(노마): 늙고 허약한 말. 여기서는 '병약한 사람'이란 뜻으로 쓰였다
5 壘壘(누루): 여기저기 무더기로 흩어져 있는 무덤

홀로 가는 길

방이지(方以智)

동지들 모두 흩어지고

짚신 신고 홀로 산속에 들어왔네

한 해에 세 번이나 성(姓)을 바꾸고

시를 지으면 가슴에 피가 맺히네

전쟁 이야기는 지겹도록 들어 왔고

비바람에 수심은 깊어만 가네

한 번 죽는 일은 어렵지 않으나

알아주는 이 없으니 가슴 아플 뿐이네

●

獨往독왕

同伴都分手[1]동반도분수   麻鞋獨入林[2]마혜독입림

一年三變姓일년삼변성   十字九椎心[3,4]십자구추심

聽慣干戈信[5]청관간과신   愁因風雨深수인풍우심

死生容易事[6]사생용이사   所痛爲知音소통위지음

[참조] 방이지方以智, 611-1617

중국 명대의 철학자이며 시인이다. 명말明末 사공자四公子 중 하나로 일컬어지며 우국지사憂國之士였다고 한다. 명이 망하자 그는 성姓을 바꾸고 중이 되어 청나라 군사의 추적을 피해 다녔는데 그러한 마음을 시에 담았다.

---

1 分手(분수): 헤어지다
2 麻鞋(마혜): 삼으로 엮어 만든 신발
3 十字(십자): 5언시 2구, 즉 시 한 연
4 椎心(추심): 심장을 찌르다. 폐부에서 우러나다. '椎(추)'는 '치다'
5 干戈(간과): 방패와 창. 전쟁
6 死生(사생): 삶과 죽음

봄을 노래하다

장거(張渠)

강 언덕에 돋은 풀은 무슨 일로 저리 푸르고

산에 피는 꽃은 누굴 위해 붉은가

조물주는 본래 적막 중에 말이 없는데

해마다 일 많은 이 봄바람이네

●

春吟춘음

岸草不知緣底綠[1] 안초부지연저록   山花試問爲誰紅산화시문위수홍

元造本來惟寂寞[2] 원조본래유적막   年年多事是春風연년다사시춘풍

---

1 緣底(연저): 무엇 때문에

2 元造(원조): 조물주, 우주자연

[참조] 장거張渠, 생몰연대 미상

중국 송나라 시인.

산속의 집

유인(劉因)

말발굽 개울물 밟으니 고운 노을이 흐트러지고

취한 사람 소맷자락에 꽃잎이 날아드네

개울가 동자 어찌 알고 문밖에서 날 기다리나

까치가 먼저 알고 알려 주었구나

●

山家산가

馬蹄踏水亂明霞마제답수난명하　　醉袖迎風受落花취수영풍수낙화

怪見溪童出門望괴견계동출문망　　鵲聲先我到山家작성선아도산가

[참조] 유인劉因, 1249-1293

원나라 시인이며 유학자이다.

시집가는 딸과의 이별

원호문(元好問)

운향 풍기는 서재는 쓸쓸히 서릿발 추위를 가렸는데

청등 아래 이별주로 나누는 대화에 밤은 깊어 가네

딸 낳으면 잠시 맡겨 두는 일임을 일찍이 알았지만

중년이 되니 슬픔과 기쁨을 더욱 느끼네

소나무 사이 작은 풀처럼 무사히 길렀기에

손바닥 안의 구슬처럼 던지기 어렵네

내일 구씨 산 동쪽 길목에서 헤어질 때

이 촌부의 마음 너그럽게 할 수 있었으면

●

別程女¹ 별정녀

蕓齋淅淅掩霜寒² 운제석석엄상한　別酒靑燈語夜闌 별주청등어야란

生女便知聊寄託 생녀편지료기탁　中年尤覺感悲歡 중년우각감비환

松間小草栽培穩³ 송간소초재배온　掌上明珠棄擲難⁴ 장상명주기척난

明日緱山東畔路[5]명일구산동반로　野夫懷抱若爲寬야부회포약위관

[참조] 원호문元好問, 109-1257

중국 금나라 시인. 젊은 시절 과거에 급제하여 현령을 지낼 수 있었으나 몽고와의 전쟁이 시작되면서 피폐해 가는 조국을 구제하려는 열정으로 시를 쓴 애국시인이다.

---

1 程女(정녀): 정사은(程思恩)에게 시집가는 큰딸 원진
2 蘊齋(운제): 운향(蘊香)이 나는 서재
3 穩(온): 평온하다, 안전하다
4 棄擲(기척): 던져 버리다
5 緱山(구산): 구씨 산. 딸이 출가하면서 가야 할 길을 말함

113

봄을 기다리며

설도(薛濤)

꽃잎은 나날이 시들어 가고

만날 날은 아득히 기약이 없네

사랑하는 마음과 마음 맺지 못하고

한갓되이 풀잎만 맺으려 하네

●

春望詞춘망사

風花日將老[1] 풍화일장로   佳期猶渺渺[2,3] 가기유묘묘

不結同心人[4] 불결동심인   空結同心草[5,6] 공결동심초

---

1 日將老(일장로): 해가 지려 하다
2 佳期(가기): 아름다운 약속. '佳(가)'는 '아름답다, 좋아하다, 사랑하다'
3 渺渺(묘묘): 아득히 멀고 멀다
4 同心(동심): 마음을 같이 하는 사람, 동심인(同心人) 곧 연인을 뜻한다
5 空(공): 헛되다
6 結同心草(결동심초): 풀잎을 동심결의 형태로 묶다. 동심결(同心結)은 사랑하는 두 사람의 마음을 하나로 맺는다는 뜻이다

* 이 시는 4연으로 되어 있는데 그중 3연을 번역한 것이다. 나머지 연의 내용은 다음과 같다.

(1) 花開不同賞/ 花落不同悲/ 欲問相思處/ 花開花落時

(2) 攬草結同心/ 將以遺知音/ 春愁正斷絶/ 春鳥復哀吟

(4) 那堪花滿枝/ 煩作兩相思/ 玉箸垂朝鏡/ 春風知不知

[참조] 설도薛濤, 768?-832

중국 당나라 중기의 여류 시인이다. 장안에서 태어났으나 부모를 따라 촉蜀의 성도에 옮겨 살았다. 첫사랑인 원진을 잊지 못하고 시를 지어 마음을 달랬다. 10대에 과거에 급제한 원진은 연상인 설도妓女를 사랑했으나 그들의 사랑은 오래가지 못했다. 관리가 된 원진은 그 스승의 딸과 결혼하고 설도로부터 받은 정표를 버리고 약속을 깨 버렸다. 「춘망사」는 4수로 되어 있는데 그중 3수에 해당되는 시로 이 시는 우리나라 가곡 〈동심초〉로도 불리는데 가사는 김소월金素月의 스승인 김억金億이 번역한 것이다.

은자를 찾아서

고계(高啓)

물 건너 다시 물을 건너

꽃 보며 다시 꽃을 보며

봄바람 부는 강변길 걷다 보니

나도 모르는 사이 그대 집 앞에 다다랐네

●

尋胡隱君[1]심호은군

渡水復渡水도수부도수　　看花還看花간화환간화

春風江上路춘풍강상로　　不覺到君家[2]불각도군가

---

1 胡隱君(호은군): 호씨 성의 은자(隱者)

2 君(군): 그대

[참조] 고계高啓, 1336-1374

중국 원나라 말에서 명나라 초의 시인이다. 그는 시가詩歌나 문장文章 등에서 옛 형식에 맞추어 짓는 의고擬古의 대가이자 고문운동의 선구자로 알려져 있다. 궁녀도宮女圖 등 그의 작품 일부에서 명나라 태조 주원장朱元璋을 비판했다는 오해를 받아 모반죄 명으로 처형당한 비운의 천재 시인이다.

젊은 아낙의 한

왕창령(王昌齡)

젊은 아낙 근심이 무엇인지 모르고서

봄날 단장하고 비취빛 누각에 올랐네

문득 밭두둑의 버드나무 연초록빛을 보고서

벼슬길에 낭군 떠나보낸 일 후회하네

●

閨怨규원

閨中少婦不知愁[1]규중소부부지수　　春日凝裝上翠樓[2]춘일응장상취루

忽見陌頭柳色新[3]홀견맥두유색신　　悔敎夫壻覓封侯[4,5,6]회교부서멱봉후

1　閨中少婦(규중소부): 규방에 거처하는 젊은 부인
2　凝裝(응장): 세심히 차려 입은 옷
3　陌頭(맥두): 밭두둑
4　敎(교): 사역 동사, ∼으로 하여금 ∼하게 하다
5　夫壻(부서): 남편
6　覓封侯(멱봉후): 벼슬자리를 찾다

[참조] 왕창령王昌齡, 698-756

중국 당나라 시인. 그는 벼슬에 큰 운이 따르지 않았지만 시인 고적高適이나 왕
지환王之渙과 명성을 나란히 하였다. 그는 광활한 변방을 뛰어나게 묘사하는 등
변방과 관련된 시에 조예가 깊었다.

봄날 농촌 풍경

송완(宋琬)

들녘의 참새들 떼 지어 날고

산골 노인들 오가며 나누는 화젯거리라곤

서로 다 아는 이야기

오밤중 쇠꼴 먹이고는 할멈 깨우며

내일은 춘분 나무 심는 날이라 하네

●

春日田家춘일전가

野田黃雀自爲群야전황작자위군　　山叟相過話舊聞[1]산수상과화구문

夜半飯牛呼婦起[2]야반반우호부기　　明朝種樹是春分명조종수시춘분

---

1 山叟(산수): 산골 마을 노인

2 飯牛(반우): 소에게 꼴을 먹이다

[참조] 송완宋琬, 614-1673

중국 청나라 시인.

117

봄날 호숫가

서부(徐俯)

쌍쌍이 나는 제비는 언제 돌아왔나
호숫가의 복사꽃 가지 물에 잠긴 채 피어있고
봄비로 끊긴 다리 사람들 건너지 못하는데
나룻배 하나 버드나무 그늘에서 미끄러져 나오네

●

春游湖춘유호

雙飛燕子幾時回쌍비연자기시회　夾岸桃花蘸水開¹협안도화잠수개
春雨斷橋人不度춘우단교인부도　小舟撑出柳陰來²소주탱출유음래

---

1 蘸水開(잠수개): 복사꽃 가지가 물에 잠기다. '蘸(잠)'은 '담그다, 물건을 물속에 넣다'
2 撑出(탱출): 배가 나아오다. '撑(탱)'은 '버티다, 버팀목, (배를)저어 가다'

[참조] 서부徐俯

중국 송나라 시인.

118

난초

여동록(余同麓)

손수 난초 두세 촉 길렀더니

화창한 날 봄바람에 차례로 꽃을 피우네

오래 앉아 있어 방 안의 향기 모르겠더니

창문 열어 놓자 나비가 찾아오네

●

詠蘭영란

手培蘭蕊兩三栽[1]수배난예양삼재   日暖風和次第開일완풍화차제개

坐久不知香在室좌구부지향재실   推窓時有蝶飛來[2]추창시유접비래

---

1 蘭蕊(난예): 난과 꽃술. '蕊(예)'는 '꽃술, 초목이 더부룩 난 모양, 향초'라는 뜻
2 蝶飛來(접비래): 나비가 날아들다

[참조] 여동록余同麓, 생몰연대 미상

중국 원나라 시인.

반딧불이

소역(蕭繹)

이상하다 사람 몸에 붙어도 뜨겁지 않고
풀잎에 달라붙었는데 연기가 나지 않네
등불 아래서는 불빛이 사라졌다가
빗속을 날 때는 다시 반짝거리네

●

詠螢火영형화

着人疑不熱[1]착인의불열　集草訝不烟집초아불연
到來燈下暗도래등하암　翻往雨中然[2,3]번왕우중연

1　着人(착인): 사람 몸에 달라붙다
2　翻(번): 날다, 뒤치다, 엎어지다
3　然(연): 불타다. 연(燃)과 같음

[참조] 소역蕭繹, 508-554

중국 남조 양나라 제4대 황제. 시호는 원제元帝이다.

모란꽃 그림

화암(華嵒)

글도 모르는 시골 영감이

시경과 서경 책 베고 낮잠 자다가

하릴없이 집사람에게 술 달라 하여 마시고는

취하여 꽃 그리니 꽃 역시 취했네

●

紅牡丹圖 홍모란도

虛堂野老不識字[1] 허당야노불식자　半尺詩書枕頭眠[2] 반척시서침두면

閑向家人索酒嘗[3] 한향가인색주상　醉筆寫花花亦醉 취필사화화역취

---

1 虛堂野老(허당야노): 세간이 별로 없는 집의 시골 노인

2 詩書(시서): 시경(詩經)과 서경(書經)

3 索酒(색주): 술을 요구하다

[참조] 화암華嵒, 1683-1756

중국 청나라 화가. 시詩, 서書, 화畵에 뛰어나 '삼절三絶'이라는 칭호를 받았다.